SHANGHAI STORIES CULTURE MEDIA Co.,Ltd.

故事会

幽默讽刺系列
HUMOR AND IRONY SERIES

逗你玩

上海故事会文化传媒有限公司
上海文艺出版社

图书在版编目（CIP）数据

逗你玩／《故事会》编辑部编．－－上海：上海文艺出版社，2019

（故事会．幽默讽刺系列）

ISBN 978-7-5321-6410-3

Ⅰ.①逗…Ⅱ.①故…Ⅲ.①故事－作品集－中国－当代 Ⅳ.①I247.81

中国版本图书馆CIP数据核字(2017)第162892号

书　　名：	逗你玩
主　　编：	夏一鸣
副 主 编：	吕　佳　朱　虹
责任编辑：	丁娴瑶
发稿编辑：	吕　佳　朱　虹　姚自豪　丁娴瑶　陶云韫
	王　琦　曹晴雯　赵媛佳　田　芳　严　俊
装帧设计：	周　睿
封 面 画：	谢友苏
责任督印：	张　凯
出　　版：	上海文艺出版社
出　　品：	上海故事会文化传媒有限公司
	（200020　上海市绍兴路74号 www.storychina.cn）
发　　行：	上海文艺出版社发行中心（200020 上海市绍兴路50号）
印　　刷：	上海万卷印刷股份有限公司
开　　本：	787×1092　1/32　印张8
版　　次：	2019年7月第1版　2019年7月第1次印刷
书　　号：	ISBN 978-7-5321-6410-3/I·5128
定　　价：	25.00元

版权所有·不准翻印

上海故事会文化传媒有限公司 出品（00680）

扫一扫二维码 故事会网上书店

上海故事会文化传媒有限公司所有图书可办理邮购，免收邮费（挂号除外）
汇款地址：上海市南绍兴路74号(200020)；收款人：上海故事会文化传媒有限公司出版发行部
联系电话：021-64338113
如发现本书有质量问题，请与印刷厂质量科联系 T:021-56928178

编者的话

一、中华民族自古以来便有讲故事的传统。五千年的文明绵延不断，五千年的故事口耳相传，故事成为中华民族弥足珍贵的精神财富。

二、创刊于1963年的《故事会》杂志是一本以发表当代故事为主的通俗性文学读物。50多年来，这本杂志得风气之先，发表了一大批脍炙人口的优秀作品，许多作品一经发表便不胫而走、踏石留印，故而又有中国当代故事"简写本"之称。

三、50多年来，这本杂志眼睛向下、情趣向上，传达的是中华民族最核心、最基本的价值观。

四、为让读者在最短的时间内阅读最大面积的精品力作，《故事会》编辑部特组织出版《故事会·幽默讽刺系列》丛书。

五、丛书分为如下八本故事集：《60岁的浪漫》《超级粉丝》《顶级密码》《逗你玩》《模仿天才》《棋高一着》《乞丐打架》《一只猫与二十万》。

六、古人云：登东山而小鲁，登泰山而小天下。对于喜欢故事的读者来说，本丛书的创意编辑将带来超凡脱俗的阅读体验。

《故事会》编辑部

目录
Contents

妙语·博笑记
报名而入 …………………………………01
辩护理由 …………………………………04
官道疏通 …………………………………06
火车站的猎头 ……………………………08
结婚登记 …………………………………12
老年组 ……………………………………15
牛局长发言 ………………………………17
最牛三句话 ………………………………21
敬酒 ………………………………………25
谁能相信我 ………………………………29
逗你玩 ……………………………………33
机器人神厨 ………………………………35
职场黑话一箩筐 …………………………40
一块石头的尊严 …………………………46

众生·变形记
不死的慈善家 ……………………………59
畅销书的诞生 ……………………………63
代理时代 …………………………………70
好好干活 …………………………………73
欢迎手机到此一游 ………………………78
你还欠火候 ………………………………83

目录
Contents

手工贵妇 ……………………… 87
跳槽马 ………………………… 94
乡下的乌龟进城来 …………… 101
寻味 …………………………… 105
硬功夫 ………………………… 110
夺命狗头金 …………………… 115

痴人·奇遇记

半夜惊叫 ……………………… 135
别惹老头 ……………………… 138
斗鞭 …………………………… 142
服务过位 ……………………… 148
孤品 …………………………… 150
李大贵"跳龙门" ……………… 154
少了同一个字 ………………… 160
失踪者的结局 ………………… 162
实话实说 ……………………… 168
司机的梦 ……………………… 170
为快乐埋单 …………………… 175
系腰带的学问 ………………… 178
想象 …………………………… 181
艺术女婿 ……………………… 184
隐身人 ………………………… 189

安吉洛的女富翁 ………… 193
聪明的杰克 ………… 199
给你加个号 ………… 203
节外生枝 ………… 209
救不得的树苗 ………… 215
老和尚治病 ………… 219
两改名 ………… 221
领导的关怀 ………… 225
三个老头 ………… 227
说谎传奇 ………… 233
我是你奶奶 ………… 237
找关系 ………… 240
有缘拆不散 ………… 242

笑容,是应对麻烦最好的态度;思考,是解决麻烦必须的过程。

妙语·博笑记
miaoyu boxiaoji

报名而入

有一天,大刘、小马和小梅三个人趁总经理出去开会,就把门一关,躲在屋里打起了扑克,正热闹着,"咚咚咚",有人敲门,小马问:"谁呀?"

门外的声音冷冰冰的:"我,杨建高。"小马、小梅两人一听,脸都白了,赶紧手忙脚乱地藏扑克牌:"不好,杨总回来了!"

大刘却不慌不忙,他肯定地说:"准是隔壁小王那家伙吓唬咱,杨总才不会这么叫门呢!"他不顾两人劝阻,边说边悄悄走到门后,猛一拉门,"兔崽子,你敢吓唬老……"大刘话没说完,两眼却直了,讷讷地说,"杨……杨总,真是你?"杨总铁青着脸,狠狠瞪了三人一眼,没说一句话,走到报架旁,找了找,没找到想要的报纸,又走了。

等杨总走了，小马和小梅都埋怨大刘，大刘直叫冤枉："我和杨总是多少年的邻居啦，从来没听到他叫门还连名带姓一块儿报，每次敲我家的门都是'我，老杨'，'我，建高'，再说声音也不像呀！"

小马一听，笑着说："你呀，太孤陋寡闻了，咱杨总敲门时的自称多着呢！"

大刘表示洗耳恭听。

小马接着说："杨总还不是总经理的时候，敲总经理的门时总是说'我，小杨'，其实那总经理还比他小十多岁呢……还有一次，我开车送他给市里一个领导拜年，你猜他怎么报的名？"

大刘问："怎么报的？"

"我，狗剩呀……"

小梅正喝茶，"噗"的一声，乐得茶水都喷了出来，她"咯咯咯"地笑个不停，好不容易忍住了，她说："你这么一说，我还想起了咱杨总有一次报的一个名，不过，你们两个可别出去瞎说。"她压低声音说了起来："有一次，我在总机室和胡美丽下跳棋，也有人敲门，胡美丽就问'谁呀'……"

胡美丽和杨总之间的亲密关系已是公司里半公开的秘密，大刘和小马一听到这个"热点新闻"都兴奋起来，好奇地问："他是怎么回答的？"

小梅粗起嗓子："是我，咩——咩——"

对呀，"杨"就是"羊"么，杨总的羊叫声学得还真不错哇！想起杨总学羊叫时，浮现在那核桃般老脸上的表情，三人笑翻了。

这天的闲聊也就这么过去了，谁也没当回事，至于杨总在不同场合，面对不同对象到底报过哪些名，谁也没有多在意。几年以后，有一天，大刘到一所监狱的劳改队去看望一个当狱警的朋友，两人正在办公室里聊天,"咚咚咚",有人很温柔地轻轻敲门,大刘的朋友问:"谁呀?"

外面的人"啪"一个立正,答道:"我,623号!"

623号是犯人杨建高的编号……

(黄　胜)

(题图:李　加)

辩护理由

有个学法律的大学生,看到一个招聘法律顾问的广告,待遇相当优厚,于是前去应聘。人事部的刘总只提了一个问题:"如果我持竹竿杀了一人,伤了两个,你怎么为我辩护?"

大学生问:"您是用竹竿的什么部位伤人的呢?"刘总想了想说:"竹竿头刺死一个,竹竿尾杵伤一个,抡起竹竿时,竹身扫伤一个。"

大学生心想:好嘛,一根竹竿总共就这仨部位,你都用上了,这不是有意难为我吗?可这种无缘无故恣意伤人的行径,大学生倒好像真在哪儿见过。他定下神来一想,顿时有了主意。

大学生清了清嗓子,正色道:"按照常规,您这行为得判故意杀人罪。可是如果由我来处理,最多判三年。"

刘总顿时往前探出了身子,问:"噢?那你按什么处理?"

"交通肇事!"

刘总嗤之以鼻:"竹竿又不是车,和交通肇事有什么关系?"

大学生推了推眼镜,说:"交通肇事罪并不是机动车的'专利',骑自行车的、走路的,任何人都有犯交通肇事罪的可能,而竹竿作为一种交通工具,古往今来都大量存在。"

刘总好奇地问:"什么交通工具?"大学生笑笑,说:"就是滑竿!两根竹竿扎起,抬着上山下山。综上所述,您抬着滑竿上山,前头把一个人撞下悬崖,您就赶紧后退,结果尾部又碰着一个。您赶紧转身避让,竹竿中部又扫伤一个,不是交通肇事罪是什么?"

刘总鼓掌:"精彩!招聘以来,数你的辩护最有创意!不过,我还要向董事长请示一下,你稍等片刻。"说罢他起身走了。

没等多大会儿,刘总就回来了:"很抱歉,我们董事长认为你当法律顾问不合适。"大学生很失望,问:"我能知道原因吗?"

刘总说:"我们董事长说,你的点子太新颖了。"大学生不解:"新颖有什么不好?"

刘总说:"太新容易引起媒体关注。以前发生的那些'躲猫猫'事件、'喝水死'事件,要不是他们想的理由太有创意,也出不了这么大的风波。不过董事长说,虽然你不适合当我们的法律顾问,但还可以去另一个部门。"大学生忙问是哪个部门。刘总说:"客服部。处理顾客投诉,你准能把他们说晕。"

(张东兴)

(题图:李 加)

官道疏通

自来水公司裁员,王成也下岗了,他顺水推舟,在小区附近租了个门面,一张桌子、一部电话,办起了一家小小的服务公司,专门帮人疏通水管。想不到,就这么一个毫不起眼的小公司,开业的第一天就发生了奇怪的事儿。

那是中午时分,电话铃突然响了,王成非常激动,看样子第一笔生意就要来了。可拿起电话,对方连招呼都不打一声,上来就问:"你真的有把握?"王成听了有点不高兴,这不是小瞧人嘛,疏通水管,下岗前自己少说也干了十多年。不过王成还是耐着性子保证道:"这点您百分之百放心,这活儿我做得多了。"

对方又打听王成的详细住址,问完说了声"日后请多多关照"就挂了,王成想这家伙八成是打错电话了,干活就干活,有什么可关照的,谁家的管子还能老是坏?

接下来的事儿更让王成吃惊。晚上他和妻子刚刚睡下,就听有人敲门,王成挺纳闷,这么晚了谁还会来?他起身来到客厅,隔着门问对方找谁。外面的人压低了声音把门牌号报了一遍,王成一听没错,正是自己家的门牌号。他把门打开了一道缝,想隔着防盗门看看清楚,可没容他细看,来人就迅速地塞进一个纸包,压低声音说:"订金还是要预付的,事成后一定重酬。"说完转身匆匆离去。王成回到屋里打开纸包,一下子惊呆了,纸包里是几叠一百元的钞票。除此之外有一张打印的纸条,上面写的是姓名、工作单位、职位和联系电话,居然是某镇的副镇长。王成顿时觉得这钱有些烫手,他把纸包原样包好,放在了床底下。

以后这样的事情又发生了几次,来的是不同的人,但说话做事都差不多。王成这样的老实人哪里经过这种事情,最后,他决定去派出所报案。在去派出所的路上,他无意瞥见路边电线杆上贴着的一张巴掌大的广告:"官道疏通,专业水平,先疏通,后付钱,联系电话……"

这不正是自己服务公司的电话吗?细细一想,王成茅塞顿开,这些天来的古怪事都找到了原因,原来是开业时老婆印贴了一千多张广告,而广告中误把"管"字印成了"官"字。

(龙景荣)

(题图:李 加)

火车站的猎头

小燕是晚报的记者。这天清早，主编给她安排了一个特殊的任务，去火车站采访那些现场招工的单位。原来前一阵，全国各地出现了用工荒，现在招工单位都跑去火车站抢人了。

很快，小燕赶到了火车站。刚下车，就见招工单位在出站口附近排起了长长的队伍：有的打着广告牌，有的插着彩旗，有的甚至举着高音喇叭……一见民工们出来，他们就纷纷上前游说。

小燕观察了一会儿，发现有个制衣厂的招工代表非常显眼。那人约摸四十几岁，长得慈眉善目，穿着朴素。短短半个小时，他就一连签下了五六个民工，而旁边其他单位的招工代表只有羡慕的份儿。小燕赶紧走上前，表示想采访他一下。那人微笑着点点头，告诉小燕，可以叫他黎叔，两人就聊了起来。

几分钟后,一列火车进站了,民工们纷纷扛着行李走了出来。招工代表们蜂拥而上,奇怪的是,黎叔只是面带微笑地坐在边上。小燕诧异地问:"黎叔,你怎么不去抢人呢?"

黎叔笑了笑说:"这叫姜太公钓鱼——愿者上钩。出来打工最怕被骗,你越热情,他们越会产生抵触情绪!"果然,有个身材肥胖的中年女子摆脱纠缠,径直走上前来。

见女子眼睛一眨不眨地看着广告牌,黎叔乐呵呵地问:"大妹子,找工作呀,是熟练工吗?"女子点了点头。

黎叔又说:"待遇什么的,上面都写得清清楚楚了。不过,我再和你说仔细一点吧。我们的食堂每顿管饱,不另外加钱;我们的宿舍床板又宽又结实,承重力达到一百公斤!"女子听罢,眼睛一亮:"真的吗?我出来打工最担心的就是这个了,谢谢啊!"说罢,按照黎叔的指点上了公司的班车。

一旁的小燕疑惑地问:"咦,你怎么能猜出她的心思呢?"黎叔笑笑说:"出来打工,最关键的是吃好睡好,这样才有力气干活呀!"

那个女子刚走,一个五十多岁的男人也凑了过来,将广告牌看了又看。等他看完,黎叔又笑着问:"大哥,觉得条件怎样?"

男子显得有些犹豫。黎叔说:"不瞒您说,我也是个打工的,在这家制衣厂待五年了。咱这样的年龄,生来就是吃苦的命。我有个闺女,正在北京读书呢,整天张口问我要钱。这不,每到月底发工资,我就得立刻给她寄过去。不过,咱们能图个啥呢?不就指望孩子将来有出息嘛!"

男人连连点头,说:"大兄弟,你说得太对了。那行,我就跟着你一起干啦。"说罢,也高高兴兴地上了班车。

小燕心中的疑问更大了,不禁问道:"黎叔,你是怎么打消他的顾虑的？"黎叔哈哈大笑："你没见他里面穿的是一件中学生的旧校服？所以，我估计他孩子也刚上大学。这样的人，最担心的就是拖欠工资，我将心比心，当然能打消他的顾虑了。"

小燕由衷地赞叹道："黎叔，你真是太厉害了！"黎叔摆了摆手："厉害啥呀？干咱这一行的，最重要的就是学会察言观色，站在对方的角度，尽量找到和他的共同话题罢了！"

正说着，一个二十来岁的小伙子手里拿着MP4，怯怯地走了过来。小燕自告奋勇地说："黎叔，这次让我试试吧？"黎叔点了点头。

等小伙子看完广告牌，小燕立刻上前，微笑着介绍起来："看样子，你是第一次出来打工吧？没事，咱们公司可以先培训再上岗。"

谁知，小伙子一声不吭。小燕想了想，又说道："对了，咱们公司地处城区，旁边网吧、游戏厅、卡拉OK应有尽有，所以你别怕没地方玩！"小燕费了半天口舌，并没能说动小伙子。

眼看小伙子想走，黎叔赶紧走上前，悄悄在他耳边说了一句话。刹那间，奇迹发生了。小伙子回头看了小燕一眼，背起行李，头也不回地朝班车走去。

小燕简直不敢相信自己的眼睛，惊呼道："黎叔，你是怎么做到的？"

黎叔淡淡地说："很简单！你前面说了半天，什么培训呀，网吧呀，卡拉OK呀，他全都不感兴趣。所以，他唯一感兴趣的只有一个：这个年龄的男孩，在农村都要谈婚论嫁了。他一定是怕出来打工，耽误了自己的终身大事。于是我就跟他说，瞧见眼前这个女孩没？就她这长相，在咱们公司只能勉强算中等水平，于是，他就屁颠屁颠地上班车了……"

小燕听罢，不禁又羞又气，但是，她打心眼里佩服黎叔。看来，真的是行行出状元。小燕高兴极了,这下,主编安排的任务可以顺利完成了。

可是,这篇报道该起什么标题呢?

正在这时,一个戴眼镜的年轻男子走上前来,礼貌地说:"这位大叔,我是汇英猎头公司的客户主管。这几天,我一直在观察您的表现,实在是太精彩了,您完全可以胜任更好的工作。不知,您是否有意向跳槽呢?"黎叔听罢,不禁呆住了:"啥……"

小燕哈哈大笑,她终于想到了一个绝好的报道标题:《当猎头遭遇猎头》……

(张春风)

(题图:安玉民 梁 丽)

结婚登记

据有关人士预测,在遥远的将来,当一对对年轻人甜甜蜜蜜前去办理结婚登记时,他们将会遭遇到这样的情景……

宋玉和孟倩倩起早来到结婚登记处,窗口前排着长队,好容易排到了,只见里面坐着一男一女两个工作人员,两人都是面色苍白,忙得满头的汗珠不停地往下淌。

宋玉说:"我们登记。"男的没抬头,问:"你们登多少钱的记?"宋玉和孟倩倩疑惑不解。男的指指窗口玻璃上贴的一张纸,纸上写着:一千元、五百元、一百元、五十元、免费、奖励一百元。金额后相应写着:一年、三年、五年、十年、二十年、三十年。孟倩倩问:"这是什么意思?"

那个女工作人员抹了一把脸上的汗,说:"你们也看到了,来我们这里的人非常多。现在的人好像都喜欢结了婚就离婚,离了婚又结婚,不瞒你们说，我们是冒着生命危险从事这项工作的，经常有同志累得在岗位上吐血。所以，为了维护我们的健康，新出台了这项规定，结婚时间短的收费就高些；二十年不离婚，那就免费；如果三十年不离婚，我们还会额外奖励一百元。你们俩准备几年后离婚？"

宋玉说："我说几年就几年吗？"男工作人员解释说："是这样，我们实行多退少补、违约加罚的原则。如果你登记五年的婚姻，结果三年就来离婚，那么我们不仅要加收差额，而且加倍。现在你明白了吗？"宋玉和孟倩倩同时说："明白了。"两个工作人员也同时说："好，那你们商量一下，别急着做决定。"

宋玉和孟倩倩商量了一下，最后决定登记五年的婚姻。男工作人员指指旁边的一个门，说："好，你们先去那个屋，宣一下誓。"

宋玉和孟倩倩离开窗口，推开宣誓室的门，只见屋里坐着一个老太太，老太太用公事公办的语气说："我们也知道结婚宣誓这东西没什么大用，但还是搞一下好。调查表明，搞过宣誓的夫妻与没宣誓的夫妻相比，婚姻解体的时间大约可以延迟五至六个月。"

接着老太太说："宣誓前，首先请你们俩如实回答下面的问题。你们是自愿结婚的吗？"宋玉和孟倩倩刚要回答，老太太摆摆手："有三个答案供你们选择。A. 自愿；B. 不自愿；C. 说不清楚。"宋玉和孟倩倩同时选择了C。

老太太问："夫妻在家庭中的地位要平等，你们能做到吗？A. 能做到；B. 做不到；C. 看情况而定。"宋玉和孟倩倩同时选择了C。

老太太问："夫妻双方有互相抚养、互相照顾的义务,你们能做到吗？A. 能做到；B. 做不到；C. 到时候再说。"宋玉和孟倩倩同时选择了C。

老太太问："你们能自始至终地善待双方的老人吗？A. 能；B. 不能；

C. 给钱就能，不给钱不能。"宋玉和孟倩倩同时选择了C。

老太太问："你们能忠于对方，不出轨吗？A. 能；B. 不能；C. 不知道。"宋玉和孟倩倩同时选择了C。

老太太问："你们准备在什么时候出轨？A. 一年；B. 三年；C. 随时。"宋玉和孟倩倩同时选择了C。

老太太问："你们信仰上帝吗？"宋玉和孟倩倩点点头。

老太太说："好，根据你们的实际情况，誓言写好了，下面请跟着我宣誓。我说一句，你们学一句——上帝作证，我们在说不清楚的情况下打算结为夫妻。我们夫妻在家庭中的地位视情况而定。能否互相抚养、照顾，到时候再说。双方老人如果给钱我们就会善待他们。我们不知道会不会出轨，也就是说我们保留随时出轨的权利。阿门！"

(推荐者：周丹飞)
(题图：安玉民)

老年组

小赵居住的地方是个花园小区，养狗的人家特别多，有人粗略统计过，没有八十家，也有七十家。居委会为了活跃居民的文化生活，就策划了一次"百狗"选美比赛。

由于纯属一种娱乐活动，居委会并没制定评选细则，只是找了几位居民当评委，让他们凭印象打分。

小赵听到消息后，非常兴奋，忙告诉妻子，妻子也兴奋异常。

原来小赵家有一条宠物狗，名叫"妞妞"，是一条两岁大的纯种京巴。它个儿小，眼睛大，一身纯白的毛，没有杂色，被小赵夫妻当作"宝贝女儿"。为了拿到好名次，妻子用了一整天时间为它美容，结束后，妻子得意地对小赵说："你看吧，咱家妞妞拿第一没得说！"

选美就在小区花园进行,那天居民参赛的热情非常高涨,各自牵着品种不一的爱犬排成了长龙。经过激烈角逐,一只沙皮狗荣摘桂冠,小赵家妞妞只得了第二名。

　　比赛结束时,居委会主任发表了一通热情洋溢的讲话,最后说:"这次比赛举办得很成功,为了建立起'百狗'选美长效机制,我宣布,以后这样的活动将每年举办一次!"

　　"哗——"掌声四起,等掌声一落,小赵举起手来,表示自己有话要说:"主任,我能提个建议吗?"

　　主任说:"当然可以。"

　　"以后选美可否分成老、中、青三组?"

　　"此话怎讲?"

　　小赵说:"这不是明摆的吗?那只沙皮狗虽然被评了第一,但我们不服气,你看它满身皱纹,老得不成样子了,应该分在老年组!"

（王恩亮）
（题图：顾子易）

牛局长发言

新来的县委书记要召开会议,听取各部门的汇报。财政局牛局长叫来秘书,拍着他的肩膀说:"用点心做!这是咱在新书记面前第一次露脸,要给他留一个好印象。"

秘书深感责任重大,回去挑灯奋战,熬了几个通宵,终于将一份几乎完美的发言稿交到牛局长手上。

要是以前,牛局长接过来就往包里一塞,连看都不看一眼,到会场上拿出来就念。可这回不同了,他戴上眼镜,花了两个小时,逐字逐句地看了一遍。读完,他深感满意,从抽屉里拿出一条烟递给秘书,作为犒劳。

临近开会前一天,牛局长跟县委办王主任交流了一下,向他打听一些新书记的情况。最后,王主任关心地问:"发言稿准备得怎么样了?"牛局长哈哈一笑:"你就放心好了,我的秘书是全县第一'笔杆子',我相信我的发言将会给书记留下深刻的印象。"

"牛兄,不要得意得太早了!"王主任说,"我正要提醒你,这位新书记十分讲究效率,作风干净利落,最讨厌长篇大论,我建议你要把发言时间控制在三十分钟以内。"

牛局长不由倒吸一口冷气。打完电话,他急忙拿出发言稿一数,我的妈呀,居然有整整二十页,就算自己一口气念完,至少也得一个小时。

真是多亏了老王这个好友啊!牛局长抹了把汗,急忙唤来秘书,叮嘱他把发言稿压缩到三十分钟以内。

时间紧急,秘书不吃不喝鏖战了一个晚上,第二天早上红肿着双眼把修改稿交了上来,二十页变成了十页。

牛局长又仔细审阅了一遍,大为满意。稿子缩短了一半,可效果似乎比原稿还要好。他心疼地拍着秘书的肩膀说:"去,去洗脚城好好放松一下吧,今天给你签单的权利,想签多少就签多少!"

中午,牛局长突然接到王主任的紧急来电:"牛兄,看来我还是乐观了。刚刚书记明确要求,各部门负责人发言时间一律控制在十分钟以内!"

牛局长大吃一惊,想都不想,立刻拨打秘书的电话:"兄弟,快回来!"

十分钟后,秘书气喘吁吁地跑进了办公室。他好像刚从浴池里爬出来,头发也顾不上擦,还滴着水哩。听了牛局长火烧眉毛的话,他也吃了一惊。两个小时后会议就开始了,他来不及把稿子拿回去,就坐在牛局长的椅子上，拿起笔，在发言稿上"刷刷刷"地划了起来。

从头到尾划了一遍，然后输入电脑，最后打印出来，牛局长一看，十页发言稿变成了五页。他匆匆浏览一遍，喜不自禁地冲秘书一竖大拇指："高！"说罢，把稿子往包里一塞，坐上车直奔县委。

会议准时开始，新书记说："各位，我喜欢长话短说，今天每人的发言时间定在三分钟，但一定要把该说的情况说清楚，超过时间就请下去。"

此话一出，牛局长吓了一跳，我的天，才三分钟，怎么说？再看其他人，一个个都是愁眉苦脸，忐忑不安。

第一位发言的是国土局局长，他拿着厚厚一叠稿子，以最快的速度念了起来。刚念到第三页，新书记就挥挥手打断他："时间过了。请问你是哪个部门的？"

国土局局长面红耳赤，他的开场白还没念完呢，只好小声说："国土局的。"

牛局长一看这个情况，冷汗"刷"地下来了，自己的稿子虽然只有五页，但想要在三分钟内念完，看来也是万万不可能的。咋办呢？

接下来，发言的各部门领导接二连三地被新书记打断，居然没有一个念完的，最好的也仅仅是念了个开头，刚刚提及本单位的情况，时间就到了。

牛局长坐立不安，他偷偷摸出手机，给秘书发去了一条短信：发言限定三分钟，怎么念？

很快，秘书的短信来了：我早已料到，已经留了一手。请从第三页第五段开始念，念到第八段结束。

牛局长一看，大喜过望。接着就轮到他了，他直接翻到第三页，默数了一下，不管三七二十一，张嘴就念了起来。念到第八段，一看时间才过去两分钟，不过他还是按照秘书的交代刹住了车："我的发言完了。"

新书记赞许地向他点点头，带头鼓起掌来，接着拿过话筒，激动地说："这个发言太好了！言简意赅，简明扼要。虽然只有短短的两分钟，却把该说的事情全说明白了，好！"

(张晓新)

(题图：佐　夫)

最牛三句话

　　胡来是县政府的小车司机，给三任县长开过车，在县城是个人物，牛得很。很快，第四任县长来了，仍然沿用上一任的车子，自然也包括司机胡来。

　　这天，胡来载着新县长从市里回来，在县政府外的一个路口，忽然看见前面有两个交警。走在后面的交警挡着他的路，胡来连按三声喇叭，谁知道那家伙竟然充耳不闻，仍然慢腾腾地走着。

　　胡来火了，要不是新县长坐在车里，照他平时的作风，准朝着那交警的屁股一头撞去。胡来压压火，放慢车速，眼看车头快碰到那家伙的屁股后了，可对方依旧我行我素，连个头也没回。

胡来暗骂一声，只得一个急刹车，可车头还是蹭了一下那交警的屁股。那家伙吓了一大跳，这才回过头来，怔了怔，随即认出这是县长的专车，于是"噔噔噔"跑过来，"啪"地立正敬礼。

新县长在后面说话了："胡来，快给人家道个歉。"

胡来回头笑着答应："唉。"其实肚子里一团火，要不是县长在，他早就下车先赏对方一个耳光再说。他才不把这些小交警放在眼里呢，连交警大队长都得叫他胡哥。

胡来一脸不情愿地扭头，冲外面的交警打了个哈哈："怎么样，没撞痛吧? 对不起了啊。"

前面的交警也跑了回来，一胖一瘦，挨撞的是瘦子。瘦交警恭恭敬敬地说："知道，知道，您是胡哥。"

胡来一怔，加大力度说："对不起了，要不要上医院瞧瞧去?"

瘦交警居然又点头又哈腰："知道，知道，您是县长的人。"

胡来火了："我没问你这个!"

瘦交警脸上顿时一片惶恐不安："不敢，不敢，胡哥您走好啊!"

这家伙从头到尾答非所问，要不是他穿着警服，胡来真怀疑他是个神经病。胡来心下忽然一虚，慌张地回头看了一眼新县长。

新县长在后面听得清清楚楚的，觉得有趣，干脆走下了车，说道："这位同志，没撞伤吧?"

瘦交警大概知道他是县长，却怔怔地望着他，不说话。胡来忍不住喝道："这是新县长，问你话呢，你聋啦?"

瘦交警转而望着胡来，愣了一下，两只手一摊说："胡哥，这我就不知道您说什么了?"

"你!"胡来差点忘了县长在场，气得扬起了巴掌。瘦交警惊得往后一躲,嘴里直嚷:"胡哥,我错了!"

新县长越看越糊涂,赶紧喝止了胡来,指指瘦交警,问旁边的胖交警:"他怎么回事?"

胖交警这才"啪"一个立正敬礼:"报告县长,他是我同事,他耳朵听不见!"

新县长和胡来都是一愣,怪不得呢,和他简直是对牛弹琴。胡来更是嚷了起来:"聋子也能当交警?"

新县长也是一脸好奇,问瘦交警:"你听不到?那你刚才为什么那样回答呢?你知道吗,刚才我的司机在向你道歉呢!"

说完了,只见瘦交警木然地站着,脸上一片茫然。新县长这才想起,自己的话他同样也听不到啊,只得用求助的眼神望向胖交警。

"县长,我来翻译。"胖交警明白了县长的意思,走到同事跟前,两只手比画来比画去地打了一阵手势。

瘦交警恍然大悟:"啊,胡哥,原来您刚才是向我道歉啊!对不起,对不起,我听不见,还以为您又是问那三句呢,所以就那么回答了,哎呀,都怪我,都怪我!"

胡来脸上忽然一白,接着又是红又是绿的,心虚地说:"县长,我们回去吧。"

可新县长不依不饶,兴致勃勃地问瘦交警,什么那三句,那三句是什么,为什么他得那样回答。

经过胖交警的翻译后,瘦交警犹豫了一下,故意咳了两下,大声说道:"这城里的人都晓得啊,胡哥最爱说三句话,第一句是'你知道我是谁吗',第二句是'我是谁的人',第三句是'有本事告我去',叫做'胡三句',连小孩都知道的。"

胡来额头冒出了大汗,死死地盯着瘦交警,恨不得立刻把这个人吞进肚子里去。突然他眼睛一闪,指着瘦交警吼了起来:"你不是聋子,我记得有一次你还查我的证件。"

胖交警把话翻译出来,瘦交警指指自己的耳朵:"胡哥,您忘了?上个月我查您的证件,您打了我两个耳光,后来,我的耳朵就渐渐听不见了。"

胡来差点瘫倒在地上,他是打过交警,可到底打过谁,一个也认不出了。

新县长听到这儿,忽然拉开车门钻了进去,坐到了驾驶位置上。

胡来扑到车窗前,颤抖着说:"县长……"

新县长淡淡地说:"明天你不用给我开车了。"说罢发动车子,径直把车开走了。

胡来傻了半晌,指着瘦交警骂道:"老子让你下岗!"

瘦交警哈哈一笑:"你什么时候再给县长开车,再来和我说这句话吧。"

胡来一愣:"你他妈不是聋子!好啊,你们故意陷害我!"

瘦交警和胖交警一齐大笑:"有本事告我去!"说完拍拍屁股,扬长而去。

(何双背)
(题图:刘斌昆)

敬酒

最近,村民周大林家出了件稀奇事。前些天,他在自家院子里挖井,挖到深处时,突然泉水喷涌,和泉水一起涌出来的,还有几条活蹦乱跳的大鱼。周大林和乡邻们一起享用,大家都说,从来没吃过这么鲜美的鱼。更神奇的是,此后,周家的水井几乎天天往外冒鱼。

很多人慕名来买周家的鱼,吃后纷纷赞不绝口。周大林借机开了个小饭馆,大赚了一笔,不过也惹来了不小的麻烦。原来,村委张主任得知此事后,经常来到周家白吃白喝,这让周大林敢怒不敢言。

这天,张主任又来到周家大吃一顿,吃完后一边剔着牙,一边说:"大林呀,你怎么到现在还没学会怎么招待领导?"

周大林没好气地说:"张主任,我鱼给你挑最好的,酒也给你选高档的,你还想怎么样?"

张主任说:"大林,你误会了。我不是说你的酒不好,而是说你不会端酒杯。"周大林以为张主任还想再骗点酒喝,就不再理他。

张主任郑重地说:"你别不当回事,敬酒是一门学问。以前你跟乡亲们喝酒,懂不懂无所谓,如今你家的鱼声名远扬,经常有大人物来吃鱼,你可不能给村里人丢脸,一定要学会敬酒。"

这话说得倒是不错,周大林也想提高服务水平,就问:"敬酒有什么讲究?"

张主任拿过两只酒杯,比画着说:"敬酒时,地位低的人,酒杯要端得比地位高的人低,地位相差越大,酒杯就要端得越低。比如我吧,一个小小的村主任,给副乡长敬酒,酒杯就要低一公分,给正乡长敬酒,酒杯就要低两公分。敬酒时,地位低的人还要弯腰,同样的道理,地位相差越大,腰就要弯得越低。"

接着,张主任把自己扮成副乡长、乡长、副县长、县长,让周大林一次次练习敬酒。练了几次后,周大林觉得有些不舒服,就语中带刺地问:"如果给省长敬酒,我是不是要跪到地上给他敬?"

张主任一时语塞,愣了愣,生气地说:"你这辈子都不可能有机会给省长敬酒的,就别操那份心了。"

可是几天后,张主任再次来到周大林家,惊慌失措地说:"有大人物要来,赶快准备最好的鱼和最好的酒。"

周大林一听,露出一副老大不情愿的表情。张主任着急地说:"人家马上就到了,放心,这回村委出钱。"周大林没办法,只好去厨房准备起来。

还没准备好,大人物就到了。大人物是个慈祥的老人,身边的人对他毕恭毕敬。周大林悄悄向张主任打听，这人是什么来头。张主任小声说："我也不知道他的底细，只知道他是从北京来的，他的手下都叫他王老。"

周大林这辈子还没见过从北京来的大人物，他决定挑一条最大的鱼招待王老。这时，王老向周大林走来，伸出手说："大林兄弟，打搅了，打搅了。"周大林慌忙将双手在身上擦了擦，再伸出去，握住王老的手。

接着，周大林就请王老和其他领导到楼上入座，他马上把酒菜准备好。张主任却把周大林拉到角落里，压低声音说："记住我跟你说的话，敬酒的时候，第一，酒杯要端得低；第二，要弯下腰。"

周大林有些不耐烦地问："给王老敬酒，我的酒杯该端多低，腰该弯到几度？"张主任忙说："越低越好，越弯越好。"

很快领导们都上座了，酒菜也都上桌了，那条大鱼香气扑鼻，让人垂涎欲滴。张主任借机说："大林，这么好的鱼怎么能不配上好酒呢？你那瓶藏了三十年的好酒呢？"

周大林这才想起那瓶陈年好酒，拿来招待王老这样的贵客再合适不过了，他立刻下楼拿酒。张主任趁机跟下来，再次叮嘱周大林："王老是千载难逢的贵客，敬酒时，你的酒杯端得越低越好。"

张主任的话，让周大林非常反感。他突然生出一个胆大包天的想法，就将酒瓶交给张主任说："你先拿这瓶酒上去招待客人，我再去弄个拿手好菜。"张主任信以为真，就拿着酒上楼去了。张主任打开瓶盖，一时酒香满楼，众人赞不绝口。

敬酒的时刻到了，王老端着酒杯，发现主人不在，就问："大林呢？"

这时，只听周大林在外面喊："王老，我给您敬酒啦！"

王老四处望望，没看见周大林，正纳闷，周大林又叫起来："王老，我在楼梯上。"

王老走到楼梯口，众人也跟过来，只见周大林正趴在楼梯上，将一杯酒高高举起。张主任不知道周大林搞什么名堂，他赶紧下了几步楼梯，走到周大林身边，小声问："你干什么？"

周大林低声说："你不是说，酒杯越低越好，腰越弯越好吗？"张主任气得咬牙切齿，却又不便发作。

这时，王老开口问道："大林兄弟，你这是在干什么？"

周大林微笑着说："我在给您敬酒。"王老一愣，说："起来吧，别开玩笑了。"

周大林一脸严肃地说："我不是开玩笑，我这是在学习敬酒的礼仪。"

"礼仪？"王老眉头一皱，说，"谁教你这样敬酒的？"

周大林大声说："是张主任教的。"

张主任生怕周大林说出更难听的话，赶紧说："大林，你是不是喝多了？快起来敬酒，别胡闹了。"说着就要去拉周大林，王老却大声说："慢！让大林兄弟把话说完。"

周大林不慌不忙地说："张主任教我，敬酒的时候，地位越低的人，酒杯要端得越低，腰也要弯得越低。王老，您是从北京来的大人物，我估摸，您的地位比省长还高，我却是个农民，地位低得不能再低。照理，我应该钻进地缝里去给您敬酒的，我现在趴在高高的楼梯上，太没有礼貌了，请您原谅。"

(杨汉光)

(题图：安玉民　梁　丽)

谁能相信我

星期一刚上班,大家纷纷走进办公室,互相打着招呼。这时,只听见女秘书小陈突然叫了起来:"哟!张哥,脸怎么了,让嫂子挠了?"大家纷纷望去,才发现科员张健的脸上有三道血痕。

张健红着脸,急急忙忙地解释:"没有的事,你嫂子出差了,我是被小孩子抓了一把。"

其他同事一听都不相信,说张健孩子早过了挠人的年纪,一定是两口子吵架了。

张健辩解说绝对没有吵架,就是路上不小心被一个小女孩抓了一把。

见大家还是将信将疑,张健索性不说话了,跑到收发室去取报纸。

谁知收发室里的人见了他,都像见到了瘟神,纷纷躲到了一边,还对着他指指点点的。张健更纳闷了,不就是脸上被抓了一把吗,有什么可大惊小怪的?

没等张健想明白,主任就派人来找他了。进了主任办公室,主任上下打量了他一下,很严肃地问道:"你老实跟我说,昨天晚上九点半,你在什么地方?"

张健一愣:"我和一个朋友喝酒去了,怎么了,主任?"

主任越发严肃了:"朋友?哪个朋友?你能找到这个人吗?"

张健答道:"外地的一个朋友,今天早上就回去了,他没什么问题吧?"

主任"哼"了一声:"他是没什么问题,是你有问题。昨晚,收发室的王丽丽下夜班,走到偏僻地方的时候,碰着一个流氓,王丽丽大喊救命,黑灯瞎火的还抓了那小子的脸一把……"

张健这才反应过来是怎么回事,气愤地站了起来,说道:"主任,你得相信我,这事跟我没关系,我这脸是今天上班路上,被一个小孩子抓的。"

主任一边示意他坐下,一边说道:"你先别激动,谁也没说是你抓的,但是昨天晚上王丽丽抓了一个流氓的脸,今天早上你脸上就出现了三道血痕,这事也太巧了。我这个当主任的,总得问问清楚吧?"

张健还想解释,只见小陈慌慌张张跑了进来:"张哥,你躲躲吧,王丽丽的老公来了。"张健"腾"的一下就站了起来:"他来就来,我才不躲,我又没做亏心事。"

小陈更着急了:"张哥,你说你没做亏心事,那你的脸是被谁挠的,你说得清吗?再说,她老公是业余拳击教练,万一上来就先动手,咱不得干吃亏呀?"张健感觉脑袋"嗡"的一下,还是主任急中生智,让他从后门走，还放了他两天假，等风头过去了再慢慢解决。

张健赶紧捂着脸，从后门走出去，刚出门，一抬头竟遇见了工会陈主席。陈主席平日里和蔼可亲，还特别讲义气，和职工关系处得最好。张健一见到他，像见着亲人一样，差点流出泪来。没想到，陈主席一见张健却笑了，把他捂在脸上的那只手拿开，仔细朝张健脸上瞅了瞅："哟，抓得还挺深。"

张健委屈极了，解释道："陈主席，我这脸让一个小孩子抓了一下，可他们都不相信我，还有人说我是耍流氓让人抓破的。"

陈主席乐了："年轻人，谁不爱淘气，我像你这个岁数，也有过犯糊涂的时候，改了就好嘛，人也不是圣人，谁能没个错？小张，你可得记住，别管谁问，就一口咬定是小孩子抓的，千万别松口，到时候有事，我替你说好话。"

张健气得说不出话来，现在这人都怎么了，这么点小事，就能惹出这么多麻烦来？他垂头丧气回了家，刚进家门，突然看见妻子正在梳妆镜前面化妆，他吓了一跳："你怎么回来了，不是说后天才到家吗？"

妻子回头笑了："怎么了，不想我提前回来，是不是做啥亏心事了？咦，你的脸怎么了？"

张健再也忍不住了，红着眼跟妻子说了经过，最后他眼泪都流出来了："你可得相信我，我就是在路上看到一个小孩子的玩具掉了，我帮着给捡起来，谁想到她一把就把我的脸挠坏了。"

妻子倒是大度："这么多年夫妻了，我能不相信你吗？别往心里去，早晚有水落石出的时候。"看到妻子这么善解人意，张健心里安慰多了，他这才想起来问："你不是说要出差五天吗？怎么才三天就回来了？"

妻子叹了一口气，指着自己左脸给他看："别提这倒霉劲了，你瞧瞧我这脸,今天早上在旅馆,我逗老板娘的小孩子玩,谁想到这小家伙突然咬了我一口,弄了一个小牙印。搞得同事们都笑话我,气得我提前两天就回来了。"

张健的脸色一下子就变了,妻子瞪了他一眼:"告诉你别瞎想,你得相信我。"

张健观察了半天,这才笑了出来:"没事,两口子再不互相信任,还能信任谁?"

妻子松了一口气,进厨房做饭去了。张健偷偷拿过妻子的包,开始翻起来,他想看看有没有外地那家旅馆的线索,他得打个电话去问清楚,那个老板娘到底有没有喜欢咬人的小孩子……

(刘江波)
(题图:刘斌昆)

逗你玩

张三到荒山探险，看到一个野人掉到陷阱里，就把他救了出来。

野人一上来就"扑通"一声跪在张三面前，说："你救了我的性命，以后你就是我的主人，我要永远跟随你，鞍前马后为你效劳！"

于是，张三带上野人去旅行。

他们来到一个猴子洞，和猴子一起吃果子，大家玩得非常开心，眼看果子吃完了，张三正准备带着野人离开，那些猴子却突然围上来，抓住张三，要他到悬崖上摘更多的果子来，张三吓得赶紧闭上了眼睛。就在这时，他突然听到"砰砰"几声响，还没等张三回过神来，就听野人在说："主人别怕，我已经揍得它们半身不遂。"

张三和野人得以顺利下山。

他们经过强盗村时,又和强盗们一起喝酒,大家玩得非常高兴,眼看酒坛子见了底,张三正打算带着野人离开,强盗们突然围上来,要抢张三带着的财宝,张三吓得又赶紧闭上了眼睛。就在这时,他突然听到"啪啪"几声响,还没等张三回过神来,就听野人在说:"主人别怕,我已经打得他们生活不能自理了。"

张三和野人终于回到城里。

他们前往美食城,和朋友们一起吃大餐,大家玩得非常开心。眼看宴席要结束了,张三正要付账,朋友们却突然围上来纷纷扯住他的手,一个个表示要自己埋单,张三突然想起前两次的经历,心想:完了,野人以为朋友们要和我打架,肯定要出手废了他们!

张三吓得赶紧闭上了眼睛,哪知道这回啥动静也没有,正在疑惑时,野人说话了:"主人别怕,他们全都是装的,在逗你玩呢!"

(作者:冷 空;推荐者:林隆敬)
(题图:安玉民)

机器人神厨

长城饭店的厨师们听说张老板要买一台机器人来做菜,开始大家都不相信,直到张老板让工程师将一台机器人搬进了操作间,他们还半信半疑:这么一台机器,能做出花样百出、色佳味美的菜肴吗?

谁知刚给这台机器人通上电,它竟朝大家深深鞠了一躬,四平八稳地用电子语音开口道:"初来乍到,请多多关照。"

有个小厨师忍不住答了一句:"你好。"首席大厨李师傅白了他一眼,说:"你还真把它当人啦!"不料机器人马上答了腔:"请注意文明用语,我与你们一样,也是厨师。"

这一下大家可乐开了,有人问机器人会做多少菜,它竟说,可以做世界各国的一万多种菜式。大家不相信,说它吹牛,它晃了一下肩膀,说:

"是骡子是马，拉出来遛遛。"

小厨师说，那就炒一个鱼香肉丝吧。机器人二话不说就上了灶，只见它从一排排的瓶瓶罐罐中，飞快地选出了正确的调料，眨眼间就把各种原料整整齐齐切好，然后拧开煤气，将油锅热到火候，一样样放下作料……一会儿工夫，一盘香喷喷的鱼香肉丝炒好了。

几个厨师看得目瞪口呆，尝了尝，味道还真不错。工程师得意地告诉大家，他们公司研制的这种烹调机器人，能将作料按最佳比例投放，温度火候也能控制得恰到好处，整体速度比人工快三倍。它还有自动学习功能，没做过的菜只要看一遍就可以复制，所以，它的品牌就叫"神厨"牌。

小厨师想了想，说："可它不会像我们一样颠勺，我们炒菜时讲究将锅里的菜在空中翻来翻去。"没想到机器人接了一句："花架子。"这让在场的厨师们又好气又好笑。

就这样，机器人在长城饭店当上了厨师。刚开始，厨师们只觉得它好玩，没想到过了几天，食客们纷纷点名要吃"神厨"做的菜，反而将几个厨师晾在了一边，尤其是首席大厨李师傅，堂堂的高级厨师，竟不如一台机器人，在干活儿的时候他就免不了发发牢骚，谁知机器人听到他发牢骚，一边炒菜一边说道："好好干活，别发牢骚，小心老板炒你鱿鱼。"这番话把李师傅气得直瞪眼。

不过，"神厨"也有被冷落的时候，张老板为了赚钱，悄悄地给饭店的VIP客人提供野生动物，他怕机器人看到以后，嘴上没把门的，把这事传出去，便吩咐厨师们烹饪野味时，别让机器人看见。不过，"神厨"也很聪明，一次它偶然撞见李师傅在宰杀猴子，就问："您这是要做什么菜呀，我怎么没见过？"李师傅冷笑道："可惜你是个铁家伙，要不也可以将你做盘菜。"这话逗得大家哈哈大笑。

时间久了，李师傅越来越讨厌这个机器人同事。说起来，李师傅在厨艺界也是响当当的人物，有多道自创的拿手好菜，好多食客就是冲着他来吃饭的。现在倒好，食客们都冲着"神厨"去了，哪里还记得他李大厨哟！一气之下，李师傅找到张老板，提出要与机器人PK，来一场厨艺大比拼。消息传开，电视台主动找上门来，要求进行现场直播。张老板见闹出这么大的动静，简直就是免费广告，他满口答应了。

比赛这天，一切准备就绪，可"神厨"却闹起了情绪，迟迟不愿出场，张老板问它为什么，它朝李师傅指了指，说："既然是正规比赛，为什么他有这么高的帽子，我没有？"大家一听，哈哈大笑，赶忙找来一顶厨师帽给它戴上，"神厨"这才出了场。

比赛的第一个项目是知识问答。主持人先问了李师傅几个烹调方面的问题，他对答如流。轮到"神厨"时，它从自己的数据库里调出了答案，一字一句地念出来，连标点符号也不错。这一轮，李师傅算是勉强与它打了个平手。

抢答时李师傅就不是"神厨"的对手了，每次主持人念题目的话音刚落，"神厨"就将标准答案说了出来，这一轮，李师傅一分也没得到。

第二个比赛项目是烹饪规定菜肴，没想到李师傅输得更惨。规定菜品是麻婆豆腐、牛肉丸子、松鼠鱼三个菜，李师傅的第二个菜还没下锅，"神厨"的三个菜已经热气腾腾地端到评委面前了。五位评委尝了神厨做的菜，色香味俱全，竟挑不出一点毛病，于是给了满分。而李师傅的三个菜，评委先后点出了麻婆豆腐里的花椒有点抢味、牛肉丸子不够嫩、松鼠鱼不够脆等毛病。李师傅只好将宝押在后面的自选菜上了。

为了这道自选菜，李师傅在家里琢磨了好几天。比赛开始了，他先是用冬瓜、南瓜雕出亭台楼榭，再将削薄的蘑菇染上菠菜汁，就成了一片片荷叶，然后将这几样东西放入用母鸡、松茸熬好的清汤中。更绝的是，他又将龙虾肉捣成泥，和上蛋清，做成一条条活灵活现的小鱼，一道叫"荷塘春色"的菜就完成了。他这道菜一出来，就获得满堂喝彩。

下面轮到"神厨"了。主持人问它的自选菜是什么，"神厨"胸有成竹地回答道："香酥仁。"

主持人笑问："能介绍一下具体的做法吗？""神厨"说："这菜的名字是我自己想的，做法也是我自己想出来的。原料嘛……""神厨"四处看了看，突然将主持人一把抓住，说："我看您就很合适！"

台下的观众都笑了起来，主持人也以为"神厨"在开玩笑，倒也很配合，没想到"神厨"抱起她，走到烧开的油锅前，举起两只机器手臂，就要把主持人朝锅里放，吓得主持人扔下话筒大声尖叫，拼命挣扎起来。要不是旁边的工作人员眼明手快拉住她，主持人还就真的被放进油锅里给炸上了。

忙乱过后，大家细细一品，这才明白过来，什么"香酥仁"，原来是"香酥人"啊！

现场顿时一片大乱，几个评委将"神厨"强行按住，有个评委气愤地说："你这是做的什么菜，这不是吃人吗？"

"神厨"不服气，还在争辩："这是我参加比赛的创意，人为什么不能吃？我的同事们经常拿猴子来做菜，我看猴子和你们人长得差不多，但人比猴子要嫩得多，过了油起上酥，加上葱姜蒜，肯定比猴子好吃，这就是我的自选菜！人可以吃猴子，为什么……""神厨"还要说下去，可身上的开关被赶上台的工程师给紧急关了，它便站在那一动不动了。

后来，机器人公司紧急召回了已投入市场的全部"神厨"牌机器人，因为他们不知道还有多少饭店偷偷给客人提供野味,要是具有自动学习功能的"神厨"学到怎样烹饪猴子的话,它们根本就分不清人与猴子之间的区别,要是真的做出一盘"香酥人"来,那可就惨了。

最后,机器人公司决定不仅要为"神厨"增加识别人的程序,而且还增加了严禁烹调所有野生动物的程序。令人想不到的是,长城饭店的这台机器人在增加程序的时候,竟说了一句:"请加上一条,也不能烹调我自己。"

(谭必久)

(题图:安玉民 梁 丽)

职场黑话一箩筐

初涉职场

俗话说:水往低处流,人往高处走。现在的年轻人都爱往大城市走。刘成也不例外,他怀揣滚烫的大学毕业证书,兴冲冲地跑到北京找工作。

北京机会真是多啊,连电线杆上都贴着招聘广告,但是刘成可看不上那样的工作。他在招聘网站上"海选"了一番,又"海投"了自己的简历,很快便收到了面试通知。

这家公司在一座高档写字楼内。人力资源部经理热情地接待了刘成。

刘成自我介绍说:"经理,我这个人很实在,有什么说什么。虽然我有大学毕业证书,但其实我并不看重学历,我认为能力更重要,而且我踏实忠诚,遵纪守法,积极上进。"

经理听得连连点头,让刘成第二天来上班。

刘成不由大喜过望,他没想到自己竟能一次成功,但他犹豫了一下,还是不好意思地问:"我能多了解一些贵公司的情况吗?"

经理严肃地说:"我们公司待遇优厚,高于国家标准,工作有挑战性,个人发展空间大,公司氛围好,注重企业文化,关心员工福利和生活。你只要好好干,肯定没错的!"刘成听了,欣喜不已。

第二天刘成穿戴整齐,精神抖擞地来上班了。这是一家贸易公司,专卖各类进口家电。刘成被委派的第一项任务是接客户的投诉电话。

第一个电话是个大妈打来的,投诉他们公司卖的空调不制冷。刘成没经验,说得口干舌燥,客户那边还是不依不饶,大吵大闹。好不容易对方吵累了,留下一句"这事没完",就挂了电话。

有一个叫吴岩的,和刘成一样也是客服,他告诉刘成:"你这么干哪行啊?不出三天就得把你累死。"

刘成无奈地说:"可是公司规定不能先挂客户的电话……"

吴岩一听便笑了,还说要找机会给刘成好好上一课。刘成虽然连连点头,但是心中却是不以为意的。没想到当天下午,吴岩真的给刘成上了一课。原来那个打投诉电话的大妈直接找上门来,张口就要找老板。

刘成是职场菜鸟,哪见过这种阵仗,就在他束手无策之时,吴岩不慌不忙地走到大妈面前,说:"您好,老板出差了。您有什么问题尽管对我说。"说完,他把大妈带进会客室里。

刘成把耳朵贴在门上,只听吴岩愤慨地说:"您提的问题确实存在,好几个客户都反映过。我们一直在努力和厂家沟通……没问题没问题……对对对,您说得太对了。同时您也知道,我只是一个小小的客服,没法直接拍板。只要一有决定,我第一时间通知您。您投诉本来就是应该的,别说投诉了,就是起诉都是您的权利……没错没错,多谢您对我工作的理解,我们一定竭尽全力,帮您解决问题。"

刘成听那个大妈基本没说出整句的话,都被吴岩诚恳的"对对对,没问题没问题"给堵回去了。

三分钟之后,大妈心平气和地走了。刘成看得目瞪口呆,他心悦诚服地对吴岩说:"兄弟,为什么我说话她就不听呢?"

吴岩笑了笑:"别小看刚才这几句话,学问大着呢,听我给你翻译啊。'您提的问题确实存在'表示这个问题我们早就知道了,你也不用废话详细描述了;'我们一直在努力'表示这个问题现在还没法解决;你和客户说话时尽量不用'但是'这个词,因为显得生硬,会激起不满,用'同时'就显得婉转多了;'我只是一个小小的客服'表示你说这事我解决不了,要投诉找高层去;'起诉都是您的权利'表示就算你投诉到高层那也解决不了,不怕麻烦就去起诉吧;'多谢您的理解,我们一定竭尽全力'表示我们也就这能力了,你也别抱太大希望。话都说到这个份儿上了,客户还有什么可说的?还有,一定要多用'对对对''好的好的'这样的叠词,显得你态度诚恳,消了客户火气的同时,也能让对方忘记要说什么。"

刘成目瞪口呆了半天,一拍大腿道:"太牛了,这简直就是江湖黑话啊!"

吴岩却是见怪不怪,他说:"这职场里的'黑话'多着呢,慢慢学吧。"

深不可测

果然,没过两天刘成又领教了一次职场黑话。周末公司开例会,老板在分析完一周的工作后,还专门对几个员工进行了点评:"小王这个月表现不错,工作认真,观察力强;小李的独立工作能力很强,再加强和同事的配合,一定能表现得更加出色。"

老板在上面说,吴岩在下面给刘成做着"翻译":"看来小王这个月又打过谁的小报告了,所以老板说他观察能力强;至于小李这个月神龙见首不见尾的,老板这是提醒他多向部门经理汇报。"刘成没想到还有这么深的玄机,更加用心地听了。

说着说着,老板说到刘成了:"小刘这周刚来,虽然还不太熟悉岗位,但适应能力很强,团结同事,认真钻研。"

刘成听了心里美滋滋的,吴岩小声说:"你美什么?说你适应能力强,是说你工作有点混日子;说你团结同事,是说我帮你解围的事情呢。"

正说着,老板又说到了吴岩:"吴岩工作张弛有度,对新员工也很友善,为公司培养了后备人才,而且积极要求进步,不甘于平庸。"

吴岩愣了一下,接着冷笑起来。刘成奇怪他为什么不接着翻译了,他摇摇头不说话。开完会后,吴岩直接去了老板办公室。

当天晚上,吴岩请刘成喝酒。吴岩喝了不少,他告诉刘成,他辞职了。刘成刚和吴岩交上朋友,便不舍地问:"好好的为啥要辞职呢?"

吴岩说:"你以为我想辞职?老板的话已经说得那么明显了,我不走也会被辞退的,还不如彼此留点面子,拿封推荐信,方便找下一份工作。"

刘成迟钝地说:"老板不是一直在夸你吗?"

吴岩苦笑着说:"你呀,真是菜鸟。老板说我工作张弛有度,那是说我经常偷懒；说我对新员工友善，是说我没事闲聊；说我给公司培养了很好的后备人才，是说我可以走人了。最后两句是告诉我原因，说我积极要求进步，是嫌我前几天要求涨工资了；说我不甘于平庸，是嫌我和部门经理争吵，不尊重领导。"

刘成傻傻地听着，直到吴岩走时才缓过劲来：唉，真是深不可测啊！

内有玄机

吴岩走后，刘成的工作量也大了。两个月内，他又换了几次岗位，每次都干得不错，但公司的情况却让他越来越不满意。好不容易熬到三个月，他终于受不了了，找到当初给他面试的人力资源经理，抱怨起来："你当初说得那么好听，说什么公司待遇优厚，高于国家标准，工作有挑战性，个人发展空间很大；又说什么氛围好，充满活力，还有注重企业文化。怎么啥都对不上号呢？"

经理淡定地看着他，一一给他解释："我当初说的都是真的。公司待遇高于国家标准，说明你的工资肯定够纳税的；工作有挑战性，你看你都干了几种活了，多有挑战性啊；个人发展空间大，这不，老板为了给你腾出发展空间，就把吴岩辞退了；注重企业文化，公司书架上摆着那么多的盗版书，不都是让你们学习的吗？"

刘成经过这段日子的锻炼，对这些黑话已经有了抵抗力了，他气极反笑："你忘了说一条了，公司氛围好，充满活力，这又是什么意思呢？"

经理也微笑着说："意思就是公司员工流动性很强，所以很有活力。也就是说你如果想辞职，公司并不反对，这也是本公司的特点之一。"

刘成接过话茬，反问道："不过你还记得我来面试时的自我介绍吗？

你懂我说的那些话吗？"

经理愣了一下，不明白他话里又有哪些玄机。

刘成笑了笑说："踏实忠诚，是说每份工作如果条件我满意，打死我也不走；遵纪守法，是说我懂法律，如果谁想赖我的钱，我就去劳动部门告他；积极上进，是说给我的赔偿金必须高，少了不行。"

经理愣了一会儿，问道："你凭什么呢？"

刘成拿出一个小本子，上面记录着公司欺骗顾客和员工的记录。他这三个月的基层岗位可不是白待的。

三天后，刘成拿着赔偿金离开了这家公司。

人力资源经理恭送他到门口，然后问他："你来应聘时还有一句话，说不看重学历，只看重能力，这话又是什么意思？"

刘成点点头："听好了，我免费教你点知识。意思就是——我的毕业证是假的。"

（宏　叶）
（题图：张恩卫）

一块石头的尊严

天 灾

这年头，人人都在努力致富，但也有这么一种人，在极力保贫。茶坳村的刘升，就是这样的人。

刘升是受了他叔叔刘有康的影响。刘有康是个瘸子，娶了个老婆又是傻子，所以家里日子很是艰难。村里将他列为特困户，不但有低保拿，每年还可以领到救济衣物，最主要的是，县里有个李老板，开着一家房产公司，他心肠好，每年都跟着电视台的记者到村里来慰问特困户，每次都给刘有康捐一万元。

一万元啊，刘升在外打工，一年也就挣这么多，叔叔只保了个特困户的帽子，坐在家里就有人给送来一万元，刘升特羡慕。

大前年，刘升死了父母，自己爬山时又不小心掉下山涧，摔伤了腰，干不得活，村里那一年便也将他这个光棍当特困户照顾，李老板来村里慰问，便也给他捐了一万元。

人其实是有惰性的，刘升白得了一万元，尝到了甜头，第二年他索性懒得出外打工，以腰痛为名在家窝着，就这样，连续三年，李老板都来给他捐款了。

但到今年，已经入冬了，还没见到李老板的人影。刘升有些吃不住劲了，他这几年过的是"计划经济"的日子，指望着捐款生活，捐款没到，他日子过不下去了，只得去找村长。

村长告诉他，李老板其实已经来过了，只是那天他不在家，他叔刘有康帮他做了主，拒绝了捐款。

"什么？"刘升一跳三尺高，"他帮我拒绝了？他自己拿了却帮我拒绝了，有这样的吗？"

"不，你叔也没要那捐款。"村长说，"我觉得你叔做得对，你一个大小伙子，没病没灾的，哪能指着捐款过日子？多丢人！还是正正经经地外出打工挣钱吧！"

"咋叫没病没灾？我腰痛没好呢。"话虽这样说，终究理不直气不壮。要捐款不像讨债，人家不欠你的，人家不给，你也没地方要去。刘升只得回来，这一路上，那个气呀！

他叔现在是真的可以不要捐款，刘有康这几年在山上种油茶，今年光卖茶籽就得了好几千块，对付日子没问题。可刘升不行呀，他没有收入，叔叔不是断了他的活路吗？他真想去找刘有康理论一番，但快走到刘有康门前时，还是忍下了。这几年叔叔为了捐款的事没少教训他，他这要上门去，无疑又是讨骂。

到傍晚，天就下起雨来，而且越下越大，像瓢泼似的。凄风苦雨，越发让刘升觉得日子难熬,心里的怒火也就越来越旺,叔叔坏了他的好事,他不能就这样不声不响地算了。

刘升琢磨来琢磨去,到汇聚的雨水快漫到他家的门坎时,他有主意了。他叔叔家是一座老宅子,那还是他爷爷在世时建的土砖房,这么多年下来,早已颓败不堪、摇摇欲坠,特别是那堵后墙早已倾斜,豁开了口子。如果这雨水漫过叔叔家的墙脚,浸到土砖上,那些土砖还不成了被水泡过的松糕,不消一夜的工夫,那墙非塌不可。

一想到这,刘升就扛起锄头,冒雨趁着夜色摸向了叔叔家,刨土将叔叔屋后的排水沟给堵了,筑起一条高过墙脚的小土坝。看着屋檐淌下的水落在排水沟里,无处可去,排水沟里的水位慢慢往上涨,很快就漫过石头垒成的墙脚,浸上了墙脚上面的土砖,刘升这才满意地回家了。可以想象,当那土砖整晚浸泡在水里,一旦松软,会是什么结果。

只要叔叔家的房子一塌,这不就成了村长说的天灾了吗?自然有人来捐款。只要捐款的人来了,自己就有机会。

人　祸

刘升对自己的主意感到很得意,他几乎一夜没睡,窝在床上竖起耳朵,就等听那一声"轰隆"的房子倒塌声。一直等到天快亮时,那一声"轰隆"声总算姗姗而来,连他的床板都震动了。接着,他就听到叔叔拼了老命喊:"来人啊,救救我婆娘,我婆娘被砸着了。"

刘升脑子里"嗡"的一下,人呆住了。他敢于使这个主意,是他料到,这主意伤不了人。叔叔家的后墙是向外倾斜的,要塌,那堵墙也是向外倒,而后墙不是承重墙,倒了不会影响整个房子的结构,叔叔和婶婶待在屋内，墙往外倒，砸不着人啊，可现在怎么伤着婶婶了呢？

刘升吓得跳起来，跌跌撞撞往外跑。奔到叔叔家的后墙处一看，不错，墙真的是往外倒，其他三面墙还好好地立着，屋内的床铺被褥、锅碗瓢勺，一应家什都好好的，独独不见了叔叔和婶婶。

刘升正在慌着，听到了叔叔的声音："是升儿吗？我们在这。"刘升循声用手电筒照过去，果然看到了叔叔和婶婶，婶婶倒在地上，一把破雨伞被风刮出去老远，两个人都被雨水淋得透湿。

原来，叔叔家的厕所建在房子后面，婶婶早起上厕所，刚走到厕所边上，墙塌了，那堵墙像一扇门似的扑过来，一下子将婶婶扑倒了。叔叔闻声去救，可他年纪大了，腿脚又不方便，哪里救得了？

刘升搬开砖，将婶婶从砖堆里抠出来，婶婶的一双腿像蚯蚓一样耷拉着，无疑骨头已经断了，得立即送医院。刘有康对刘升说："我记得你家有个空的竹床。"还没等刘升反应过来，他自己就立即往刘升家跑去。

一会儿，刘有康扛着刘升家的竹床一瘸一拐地回来了，叔侄俩将受伤的婶婶抬上竹床，这时村长也闻讯赶到了，村长和刘升一起抬起竹床，冒雨就往山外的医院赶。

医院要他们预付一万元的医疗费，刘有康哪里拿得出钱来？好在刘有康参加了农村医保，又有村长作担保，医院才勉强将伤者收留了下来。大家在医院里安顿好，村长就跑去县里找李老板了。刘有康付不起医药费，这时候只有去求人。

快中午的时候，李老板来了，身后跟着县电视台的摄像师和记者。李老板还没进病房，记者手持着话筒先进来了，站在病床前面对着镜头说话："风雨无情人有情……"记者才开了个头，坐在病床前的刘有康站起来，一把将记者拨拉到一边，然后张开五指，一巴掌按在摄像机的镜头上："你们干什么？别拍了！"

村长赶紧过来解释："李老板知道了你的遭遇，特地来看望你们，打算献爱心给你老婆捐款。"

刘有康脖子一拧，叫起来："谁要捐款了？我不要。你们给我出去！"他将一行人给轰了出去。

这弄得李老板有些下不来台。李老板多年来一直给刘有康捐钱，总得有点感恩之心吧？刘有康这样对待一个来帮助他的人，也太不识礼数了。李老板拿出钱来，还想解释几句，刘有康一句也不听，没接钱，硬是将人家给推了出来。李老板脸上有些挂不住，揣上钱走了。

这一下村长来火了，骂刘有康："你都这么大年纪的人了，怎么这样做人？你这不是忘恩负义吗？"刘升更是气不打一处来，叔叔就这样将人家打发走了，他连上前叫穷讨要捐款的机会都没有，这不是白忙活一场吗？所以他也跟着责备起叔叔来："你这样太不地道了！人家好心来帮你，你咋能这样？"

刘有康有火不敢朝村长发，只得冲刘升来了，便骂起来："你懂个屁！他是真心来帮我的吗？他要是真心来帮我，就别让人扛着个机器来。用机器拍了，拿到电视上去放，全县的人都看着呢，这不是寒碜我这张老脸，来给他的脸上贴金吗？这样的事我不干。"

宝　物

刘有康还真是个犟脾气，他硬是没要捐款，四处筹借，凑了一笔钱交给了医院。为了省钱，他老婆的腿才打好石膏，他就将老婆弄回家了，安顿在敞了半边的房子里。

刘升那个气呀，叔叔将李老板轰走后，李老板就再没来过，他也就没机会要到捐款了，这饥寒交迫的日子怎么过？他思来想去，还只有自己去找李老板了。

刘升赶到李老板的公司，李老板认识他，见了面没个好脸色，皱着眉问他："你找我有什么事？"

刘升可不傻，不能一开口就要捐款，人家不欠他的，所以他说："我是为我叔的事来向您赔个不是。您好心帮助他，他却有些不知好歹。"

李老板是真有气，说："这不叫不知好歹，这叫忘恩负义！我帮了他这么多年，他居然……算了，这些话不说了，我不是钱多得没地方花，今后我才不管你们茶坳村的破事呢！"

"别——"刘升赶紧求情，"我叔忘恩负义，我可不是那样的人，我一直感激您。"刘升满嘴的好话，哪知道李老板根本没兴趣听，摆摆手，让他出去。

哪能就这样离开呢？刘升只能硬着头皮诉起了苦，那言下之意就是想请李老板给他捐点钱。李老板不耐烦了，说："我说过，今后不再管你们茶坳村的破事。你走吧！"他喊来保安，让保安将刘升给带出去。到这时，刘升是真急了，在门外喊："你怎么能这样？你年年捐款，今年却不捐，我日子怎么过？你这不是坑人吗？"他吵吵闹闹，弄得李老板公司的那些员工都像看耍猴似的看他。

回家的路上，刘升越走越丧气，丢人现眼一场，却没要到钱，这日子今后怎么过？正心灰意冷呢，一辆越野车从身后开过来，在他身边停住了，一个小伙子从驾驶室里探出头来，问他："请问去附近的村庄怎么走？"

附近的村庄?那要看去哪个村庄呀!小伙子说:"去哪个村都行。我是收旧东西的,就是到各个村庄转转,看看有没有东西可收。"

刘升明白了,这所谓收旧东西的,就是淘古董的,以前村里来过这样的生意人。也是病急乱投医,刘升有了主意,自己正缺钱呢,兴许能变卖点家里的什么东西,所以他说:"去我们村吧,兴许你能淘到点什么。"

小伙子让他上了车,一直开到茶坳村背后的山梁上,停了车,小伙子便随刘升一起进了村子。刘升首先将他领到了自己家,小伙子满屋子瞅了一遍,倒还真发现了一件要买的东西——一只破了边的旧碗。刘升也不知道这碗是什么年代的,人家愿买就行。两个人讨价还价了好长一段时间,最终以八百元成交。

一只破碗卖了八百元,刘升高兴,这一下,他的生活有着落了。刘有康听说了,一瘸一拐地上门来了,邀请小伙子也去他家看看。刘有康比刘升更缺钱啊!

小伙子去了。房子整整缺了一面墙呢,屋内亮堂,什么都看得清楚。小伙子在屋内转了两圈,遗憾地摇了摇头,他没找到能看得中的东西,只得离开。他穿屋而过,想从塌了的后墙处出来,刚抬起腿要跨过那道一尺来高的石头墙脚,他的腿僵在半空中好半天没落下来,眼睛紧紧地盯着底下的墙脚,然后,他慢慢地缩回腿,弯下腰来,小心翼翼地从墙脚上扒拉下来一块石头。

小伙子的举动一下子吸引了刘有康的注意,他赶紧走了过去。

墙脚上的石头都是刘有康的父亲当年盖房子时从山上捡来的,都是一些麻石,并没有什么特色。不过,小伙子扒拉下的这块石头却与别的石头有些不同,它没有棱角,表面很光滑,抹去表面的灰泥,可以看出,它的颜色比别的石头深些。

小伙子拿着石头仔细端详了一番，然后说："我给你一千元，你将这石头卖给我怎样？"

一千？刘有康吓了一跳。一个买古董的要花一千元买一块普通的石头，那么这石头就绝对不普通了。刘有康虽说没见过什么世面，但电视上的什么赌石啦、鉴宝啦之类的节目他都看过，人家愿出这样的高价买这块石头，这石头会不会是什么玉？刘有康当即就摇头，不卖。

刘有康不卖，小伙子就加价，最后，价钱一直开到了一万元。小伙子说："一万是我出价的上限，超过一万，我就不要了。你自己掂量。"话说到这地步，刘有康只得同意了。

尊　严

成交的时候，刘升来了。看到叔叔一块石头卖了一万元，刘升傻眼了，等他回过神来时，买石头的人已经走了。

刘升赶紧对刘有康说："叔叔，这石头咱不能卖！"

"为什么？"刘有康正蘸着唾沫数手中那一大沓钱，头都没抬。

"道理很简单，人家愿出一万元买一块石头，说明那石头是宝贝，远不止那么点钱。我们要是拿到别的地方去卖，说不定能卖个十万八万。"

其实，刘升说出的道理刘有康也想过，但哪里能找得到出更高价的买主呢？再说，他现在急需用钱，老婆住院借的债要还，墙倒了重砌也要花钱，所以他顾不得了。

刘升说："我不管你顾得顾不得，反正这石头我不同意卖！"

刘有康心里说：你同不同意有什么关系，这石头是我的。但刘升一席话让他呆住了："这石头可不是你一个人的，我也有份。石头是墙脚上的石头，这墙脚是哪儿来的？是我爷爷当年垒的。这么说，这石头是爷爷留下来的财产，你有继承权，我也有继承权，这石头应该是咱俩一人一半。我不同意卖我那一半。"

刘有康一下子傻了，他还真没想到这一层。他正发愣呢，刘升一把夺过他手里的钱，就往山上跑，去追那个小伙子去了。

赶到山梁上的盘山公路时，那小伙子刚上车，正在发动车子。刘升一下子跳到车前，张开双臂拦住了车："那石头咱不卖。"

小伙子说："我跟你叔叔做的交易，跟你有什么关系？"

刘升急红了眼："当然有关系！房子是我爷爷的，所以那石头，一半得归我。"

小伙子不得不重视了："这么说，我给你叔叔的一万元，你也得分一半？"见刘升点头，小伙子下了车，说："如果是这样，那石头我倒还不买了。你把钱还给我，我去买他家别的东西。"

刘升将钱给了他，但小伙子却拿不出石头，说是石头被他扔在山上了。这不是哄小孩子吗？花一万元买的宝贝，扔了？搁谁都不会相信啊！刘升断定小伙子在骗他，上车去搜，不但没搜到石头，连他卖的破碗都不见了。这一下，刘升不答应了，两个人吵了起来。

吵闹声惊动了村长，村长赶了过来，刘有康这时也一瘸一拐地赶来了。

村长一见到那小伙子，赶紧上前去握手，口口声声叫人家"李总"，又冲刘升吼道："你他妈的别吵了，这不大水冲了龙王庙吗？你知道这位是谁？这就是一直给你捐款的李老板的儿子，人家现在是房产公司的总经理。"

刘升也非常意外，但还是说："就是李总，也不能骗走我的宝贝呀！"村长问："宝贝？什么宝贝？"李总笑了笑："就一石头。他硬是不相信我将那石头给扔了。"

不要说刘升不相信，就连刘有康也不会相信，那可是人家花一万元买的，舍得扔？于是，一行人在李总的带领下，去山上找，在一处草丛里，刘升看到了一只破碗，这碗倒真像他卖给李总的那只，只是现在已经摔成两半了。李总捡起破碗，交给了刘升，说："这就是你的碗。"接着，他又在离碗不远的地方找到了石头，也递了过来："这就是你的宝贝石头。"

刘有康接过石头，抹了抹，上面有泥灰呢，错不了，山上的石头不会有泥灰，这就是从他的墙脚上扒拉下来的那块石头。这一下他不懂了："李总，你可得给我一个解释。这么说这石头一文不值，可你花一万元从我这里买走它，就为了扔掉？这总有个原因吧？"

李总不断地挠头，事到如今，他不能不说了——

李总一直很反感他父亲做慈善的方式，每一次捐款都让电视台的记者跟着，大肆宣传，说白了，那不是在做慈善，而是在为自己的公司做宣传。这一次刘有康在医院里拒绝接受捐款，让他意识到，父亲的捐款方式可能伤害了受捐人的自尊心。特别是今天刘升去找他父亲讨要捐款未果时说的那句话，给他的触动很大，刘升说，是李老板坑了他。李总也听到了这句话，刘升走后，他越想越觉得刘升说得对。父亲为了达到宣传的目的，根本没有用心做过慈善，这样不但伤害了别人的自尊心，还有可能助长一些人的惰性，反正是相互利用呗，就会有一种人指望着捐款过日子，不思长进，这不就坑了人家吗？刘升指望着捐款过了几年日子,现在突然将捐款给断了,人家一下子没了经济来源,怎么生活?所以他决定,在不伤害受捐人自尊心、也不助长受捐人惰性的前提下,来给刘有康和刘升一点实际的帮助。所以他花八百元买了刘升一只碗,有这八百元,刘升可以将眼前的生活对付过去;他到刘有康家,也是想以这种方式提供帮助的,但刘有康家太穷了,真没东西可买,连吃饭用的碗都只有两只,买走一只人家就没碗吃饭了,他没舍得买别的东西,只好从墙脚上扒下一块石头……

说到这里,李总将那一万元重新塞到了刘有康的手里,真诚地说:"请相信我,我是真的想帮助你,我不会像我父亲那样去大肆宣传,请你还是将这钱收下,将房子重新砌上。"

刘有康动容了,他说:"其实,我也不是反对你父亲那样做。他花了钱需要一点好名声,也是应该的。我这张老脸怎么样都没什么,我拒绝,是因为得为我侄儿着想。他爸去世时拉着我的手,再三叮嘱我,要给升儿成个家。这几年我到处央人说媒,可人家一听说是刘升找媳妇,谁都不干。他像我一样,成'名人'了,每年电视上都播着呢,特困户,谁还愿意给他当媳妇啊!可这小子,当特困户还当上瘾了,这次捐款没拿到吧,连我那房子他都……"刘有康说不下去了。

刘升吓了一跳:"叔,你、你知道?"

"傻孩子,我有什么不知道?我房子后的排水沟无缘无故多了一道土坝,我去你家扛竹床时,又看到你家锄头上沾有新鲜的泥土,我就什么都明白了。我不怨你,是叔对不起你,叔给你做了坏榜样,我年年接受捐款,让你也学成现在这样了。"

刘升惭愧地低下了头。

刘有康最终还是接受了那一万元钱,不过,他从村长那儿要来纸笔,坚持给李总写了一张借条,他说:"我接受你的帮助,不过,这钱算我借的,我明年一定还。你不是说要给我尊严吗?只有这样,我才算有尊严地接受了帮助啊!"

刘升见此,将口袋里的八百元钱掏了出来,还给了李总,他低着头不好意思地说:"我明天就出去打工,所以,这碗不用卖了。"他抚摸着那两块破碗的碎片,说:"我得将它带在身边,兴许……它能提醒我一些什么……"

(方冠晴)

(题图:杨宏富)

众生·变形记

zhongsheng bianxingji

卸了妆,可以让皮肤好好呼吸,可要卸掉几层防线,才能让心也透一透气呢?

不死的慈善家

阿拉尔是中东某国一个偏远小城的名人，奇怪的是，在这个盗匪多如牛毛的地方，几十年来他都不曾被贼光顾过。

阿拉尔的老仆人心里明白，这事儿一点儿也不奇怪。阿拉尔是一个三流的小说家，也是一个慈善家。他把自己为数不多的稿酬，全部捐给了苦难的人们。在这个战争不断、极度贫苦的地方，像阿拉尔这样的人实在不多，人们拥戴还都来不及，谁还忍心对他下手呢？

老仆人就是怀着极度的崇拜之情，自愿一直服侍阿拉尔，当然，他也能因此免于挨饿受冻。

但是，几乎是一夜之间，阿拉尔成了盗匪关注的目标。

原来阿拉尔喜欢买体育彩票，每周去邻国一次，每次只买一张。

每次他都渴望中个大奖，以便救助更多的穷人。功夫不负有心人，在他坚持了二十年之后，昨天终于中了一次奖。虽然不是百万大奖，但那十万元美金，也足以在小城里引起轰动了。

最先盯上阿拉尔的是他的邻居赛义德。赛义德是个贼，这是人所共知的。只是这里的贼太多，人们已经熟视无睹，各自看好自己的门户就是了。

这一次，赛义德下手前颇费踌躇。阿拉尔写作时需要绝对的安静，因此那房子建得就如同碉堡，四周没有窗子，只有一道窄窄的门。守门的老仆人像一条忠实的狗，如果没有得到主人吩咐，任何人休想跨进那个碉堡。

不过，没有什么事情可以难住赛义德的。他眨了下眼睛，也就想出了主意——冒充阿拉尔，骗过仆人昏花的老眼，闯入碉堡！

其实，模仿阿拉尔并不难。在这个男人普遍留须、缠厚重的头帕、穿宽大半袍的国度里，唯独阿拉尔是个例外。他虽然也蓄了满脸胡须，却不包头帕，而是戴一顶宽檐礼帽；不穿半袍，而是披一件黑色的斗篷。赛义德很快把这两件东西弄到了手，并披挂起来。他对着镜子一照，活脱脱就是阿拉尔！

夜幕降临以后，赛义德来到阿拉尔的门前，"咚咚咚"敲响了门。老仆人打开窥视孔看了一下，一边开门一边问："先生，你不是出去喝酒了吗？这么快就回来了？"

居然一举骗过了看门人！赛义德一阵狂喜，忙学着阿拉尔说话的口吻，说："瞧我这记性，出去才发现忘了带钱！"

赛义德顺利地进入了"碉堡"，进入了阿拉尔的房间，凭着做贼的感觉，很快找到了那个装钱的黑皮包。打开一看，天啊，几扎崭新的美元晃得人眼花缭乱！他急忙拉上皮包的拉链，把皮包夹在腋下，然后用斗篷遮住，大摇大摆地走了出去，临出门还不忘嘱咐一句："看好门户啊！"

因为赛义德扮演的是阿拉尔，所以他还不便马上就回自己的家，他得找一个僻静的地方，扔掉那身行头再说……

话分两头。却说阿拉尔中奖后，还引起了另一个盗匪的注意。这个盗匪叫巴扎夫，他之所以比赛义德晚去了一步，是因为他喜欢明火执仗。他买了一枚手榴弹，打算炸开"碉堡"的门，也炸死看门人，然后趁着硝烟冲进去强夺。

这会儿夜幕四合，明晃晃的月亮悬在天上，巴扎夫正行进在去"碉堡"的路上。嘿，迎面走来的不就是阿拉尔吗！

巴扎夫眼尖，一眼就看见了对方腋下夹着的黑色皮包——他把赛义德当作阿拉尔了。这家伙的皮包里装的是不是钱呢？如果能在这里得手，又何必去炸"碉堡"浪费一枚手榴弹？因此他主动打招呼："阿拉尔先生，这么晚了，你这是去哪里？"

赛义德愣了一下，才意识到对方错把自己当作了阿拉尔，可又不便解释，只能将错就错："啊，我这是在散步。可是先生，我并不认识你呀！"

巴扎夫说："可我认识你呀，你是大作家、大慈善家嘛！你怎么夹着皮包散步？皮包里装的是什么东西？"

赛义德一惊，忙说："没什么，一本书稿，送给报社的。"

见你的鬼吧，三更半夜的，还去报社送稿？巴扎夫一边在心里冷笑，一边就从腰带上拔下了手榴弹。赛义德还没有弄清是怎么回事，脑袋上就挨了重重一击，两眼一黑，摔倒在地上。

巴扎夫抓过皮包，打开一看，不由乐了。他朝赛义德身上踢了一脚，心想：你是个慈善家，我正好需要钱，各得其所嘛！这样的案子几乎每天都有，当地警方是无力破获的。因此巴扎夫并不惊慌失措，而是转身向灯火通明的市中心走去。这地方太穷，他已经很多天没有遇上一笔像样的买卖了，今天可要好好喝一杯。

阿拉尔傍晚的时候离开家门，是找一个也喜爱慈善事业的警察朋友，商量那十万美金该怎样捐助，他还没有一下子见过这么多钱呢。两个人平时的生活都很简朴，难得在酒馆相聚，三杯酒下肚，话就多了起来。捐助方案敲定以后，两个人都有些醉了。警察朋友坚持要把阿拉尔送到家，阿拉尔也只好从命了。

巴扎夫正得意洋洋地往前走，不料迎面碰上了阿拉尔。他惊恐地大叫一声，像中了定身法一样，再也迈不动脚步。他可以杀人不眨眼，却不能接受活见鬼这样一个事实。阿拉尔明明被打死在郊外，怎么又活蹦乱跳地出现在眼前？待看清阿拉尔身后还跟着一个警察，巴扎夫就浑身冒汗了。难道这个惯写侦探小说的作家，是设了个套子让自己钻吗？巴扎夫回过神来，忙递上那个黑皮包："阿拉尔先生，这是你的皮包。"说罢转身就跑。

阿拉尔一怔："我的皮包怎么会在他手里？"

警察朋友到底反应敏捷，他二话不说，一个箭步扑倒了巴扎夫。

巴扎夫束手就擒，很快真相大白……

事后，阿拉尔的老仆人无限感慨：慈善家是不会死的，而想对慈善家下手的人，绝不会有好下场！

(曲凡杰)

(题图、插图：安玉民)

畅销书的诞生

医院巧遇

迈克是个脑袋机灵的年轻人。这天,他去玛丽医院看病,突然,看到一个熟悉的身影——白瑞德!

迈克心里一阵激动:白瑞德是欧洲享有盛名的作家,拥有无数粉丝,可他向来行踪诡秘,没人知道他的真实状况。没想到,今天,竟然在这里遇见了他。

此时,白瑞德衣衫褴褛,拄着拐杖,神情呆滞地坐在椅子上。迈克见四周没人,赶紧上前,恭敬地问:"请问,您是白瑞德先生吗?"

白瑞德微微抬起了头,诧异地问:"你是谁?"

迈克微笑着说:"我是您的粉丝,我没有任何恶意,只是想帮助您。"

白瑞德想了想,点点头说:"孩子,那你能送我回家吗?"

迈克连看病都忘了,赶紧拦了辆的士。白瑞德坐上车后,低沉地说:

"司机，去罗马街15号，谢谢！"此时，迈克难掩兴奋：白瑞德是个传奇人物，谁都不知道他住在哪里。

过了一会儿，的士停在了一栋阴暗的旧楼前，迈克扶着白瑞德下了车。见白瑞德走路摇摇晃晃，迈克试探着问："先生，要不我背您上楼？"白瑞德点点头，顺从地伏在他背上。

进门后，迈克发现白瑞德的家又脏又乱，到处散发着刺鼻的霉味。迈克扶他上了床，又喂他吃了药。白瑞德望着他，欲言又止。

迈克明白了，白瑞德不想被别人看见他落魄的样子，于是，迈克拍了拍胸脯说："放心吧，先生，今天发生的事我绝对不跟任何人说，我向上帝发誓！"

白瑞德欣慰地点了点头，说："谢谢，你可以走了！"

迈克担心地问："可是，我走了谁来照顾您呢？"

白瑞德淡淡地说："谢谢你的好意，我一个人习惯了！"

迈克真诚地说："先生，我不求任何回报，只想好好地照顾您！因为，您是我最崇拜的作家！"说罢，轻轻走出了卧室。

突然，白瑞德说话了："孩子，你要是不介意，每周一、三、五可以来看我。"

迈克喜出望外："太好了，先生，我一定会来的！"

之后，迈克真的按时去探望白瑞德，两个人的关系越来越好。

一天早上，白瑞德突然来电话，让迈克陪他去玛丽医院做例行检查。迈克很快就来了，然后费力地将白瑞德背下了楼。

一路上，白瑞德握着迈克的手，哽咽地说："真没想到，我临死前还能认识你这样的好心人！"

迈克诧异地问："先生，您在胡说什么呀？"

白瑞德叹了口气,说:"医生说,我已经是癌症晚期了,最多只能活三个月!"

迈克惊呆了,原来网上的传言都是真的,他赶紧安慰道:"先生,现在医学这么发达,您一定会好起来的!"

很快,车子停在了玛丽医院门口。突然,几个记者举着话筒围了上来,迫不及待地问:"白瑞德先生,听说你得了绝症,这是真的吗?"见此情形,迈克赶紧脱下外套,罩在白瑞德的头上,然后下车拼命阻拦众记者,并催促司机赶紧掉头。

几分钟后,车子终于冲破了记者的围堵。迈克长舒一口气,上车将白瑞德头上的衣服掀了下来。白瑞德感激地说:"孩子,谢谢你,不然明天报纸头版全是我凄惨的照片!"

迈克义愤填膺地说:"不用谢!我生平最恨的就是这帮狗仔队,总拿别人的痛苦换取发行量!"白瑞德赞许地点了点头。

惊天秘密

回家后,迈克给白瑞德煮了他最爱吃的意大利面。白瑞德非常高兴,狼吞虎咽地吃了一大碗,然后,他动情地说:"孩子,我想拜托你一件事,这是我生前最后的心愿。"

迈克眼中噙着泪,说:"您说,我一定尽力帮忙。"

这时,白瑞德居然脸红了,说:"其实,30年前,我还有个私生女。我最近才知道,原来,她就住在这个城市……"

迈克惊呆了,谁都知道,作家白瑞德终身未娶,谁知,他竟然有一个30岁的私生女。

迈克慌忙说："您这样信任我，我真的很高兴。可是，我能为您做些什么呢？"

白瑞德哽咽地说："30年来，她从来不肯认我，这是对我最大的惩罚。我知道她恨我，因为我抛弃了她的母亲。可是，我就快死了，我很想拥有一张她的照片，这样，我就能安心地去见上帝了！"

迈克感动地哭着说："放心吧，我一定满足您这个愿望！"

第二天清早，迈克就去找那个女子。白瑞德说过，她每天都会在施恩街的一家西餐厅出现。很快，迈克找到了那家西餐厅，他发现角落里坐着个金发女子，长相和白瑞德描述的十分相似。迈克暗暗思忖该怎么办。

这时，那女子似乎有所察觉，也在不停地看他。过了一会儿，女子突然走了过来，迈克赶紧拿起一张报纸遮住脸，并佯装打手机，趁她转身的瞬间，迈克飞快地拍下了她的侧脸，得手后，迈克忍不住哈哈大笑。

中午，迈克回到了白瑞德的住所。谁知，屋里一片狼藉，白瑞德也不见踪影。迈克慌了，大声喊道："白瑞德先生，您在哪里？"

这时，有个胖胖的女邻居走过来，问："你是问，住在这里的老头吗？他上午死了，尸体已经被警察拖走了。"迈克一听，嘴角露出了一丝狡黠的微笑。

原来，迈克是一家图书公司的策划编辑。半年前，网上盛传白瑞德得了绝症。迈克觉得，这是个绝佳的选题，于是约作者写了一本白瑞德的人生传记。谁知，等了几个月，白瑞德也没死，计划只能搁浅。眼看再出不了书，迈克年底的奖金要泡汤了。就在这时，老天有眼，让他偶遇白瑞德。

迈克得知白瑞德真的命不久矣，不禁心花怒放。他趁白瑞德睡着时，将屋里的摆设拍了个遍,之后又意外地得知,白瑞德竟然还有个私生女,迈克真是乐翻了天,这可是新书的最佳卖点。更巧的是,照片得手后,白瑞德竟识趣地死了。

此时,迈克正马不停蹄地赶回公司,他要赶在别人前面出版白瑞德的传记。

猫鼠游戏

很快,迈克在网上发布了白瑞德逝世的消息,以及白瑞德生前的最后几张照片。短短一天时间,网站掀起了千层浪,点击率突破了百万。

第二天,由迈克主编的新书《白瑞德与他的私生女》隆重上市。老板押了宝,第一版就印刷了30万册。想象着读者争相抢购的情景,迈克简直笑弯了腰。

第二天,迈克还在办公桌前做着美梦,突然,老板气急败坏地来电话:"迈克,你给我滚过来!"

迈克吓坏了,赶紧跑到老板办公室,战战兢兢地问:"老板,出了什么事?"

老板气呼呼地扔给他一本新书:"你自己看!"迈克翻了翻,差点瘫倒在地。

这本书是另一家图书公司出的白瑞德传记,书名是《白瑞德与他的私生子》。巧的是,两本新书同一天上市。在封二,赫然印着迈克哈哈大笑的照片,旁边还标注着:30年后,白瑞德的私生子终于曝光。这一招,与迈克不谋而合。因为,他也在新书的封二上印着白瑞德私生女的侧面照。

老板气得直跺脚，说："现在，所有的书店都将这两本书摆在最显眼的位置。读者一看，这不是自相矛盾吗？白瑞德究竟有私生女，还是私生子？结果，谁也不买这两本书。你说，这30万册的新书该怎么办？"

迈克欲哭无泪，他不明白，他怎么就成了白瑞德的私生子？自己的照片又怎么会印在对方的新书上？

这时，女秘书惊慌失措地跑进来，说："电视台正直播白瑞德的访谈节目！"

迈克一听，吓得脸都变绿了："他……不是死了吗？"

电视屏幕上，白瑞德正和主持人谈笑风生，丝毫看不出半点病态。这时，主持人掏出了那两本新书，恭敬地问："白瑞德先生，这两本刚上市的书居然造谣说，你已经死了。"

白瑞德一看，忍不住哈哈大笑："我知道，许多出版商都盼着我死，这样，他们就能大赚一笔了。可我才80岁，还没活够呢。前几天，在玛丽医院，一家图书公司的男编辑认出了我。他处心积虑，佯装关心我。其实，我早就知道他的底细了，于是，我将计就计，骗他说自己有个私生女。他哪里知道，在西餐厅拍的女子，其实是另一家图书公司的编辑。之前，那女编辑也以同样的方式关心我。结果，他们都中了我的计！我让男编辑每周一、三、五过来，让女编辑每周二、四、六过来。他们拍完了照片，一定会偷偷藏下底片，然后假装回来交差，我买通了女邻居，趁机诈死。那两个编辑一听，果然欣喜若狂，纷纷回去赶稿。怪只怪他们兴奋过头，没去追着拍下我的遗容……"

主持人听罢，钦佩地说："瞧，这就是伟大的作家白瑞德。他的睿智与幽默，让我们终身受益。白瑞德先生，访谈的最后，你还有什么话要说吗？"

白瑞德笑了笑，从怀里掏出一本新书，说："这是我的新书《猫鼠游戏》，写的就是这两个蠢编辑的故事，他们丑陋、虚伪、唯利是图。书中，我附上了他们最真实的照片。因为我在卧室里装了摄像头，他们的一举一动全在我的掌控之中。最后，我要谢谢我的粉丝。今天，《猫鼠游戏》在网上的预售就突破了50万册。希望，它能成为全年的畅销书冠军……"

(张春风)
(题图：佐　夫)

代理时代

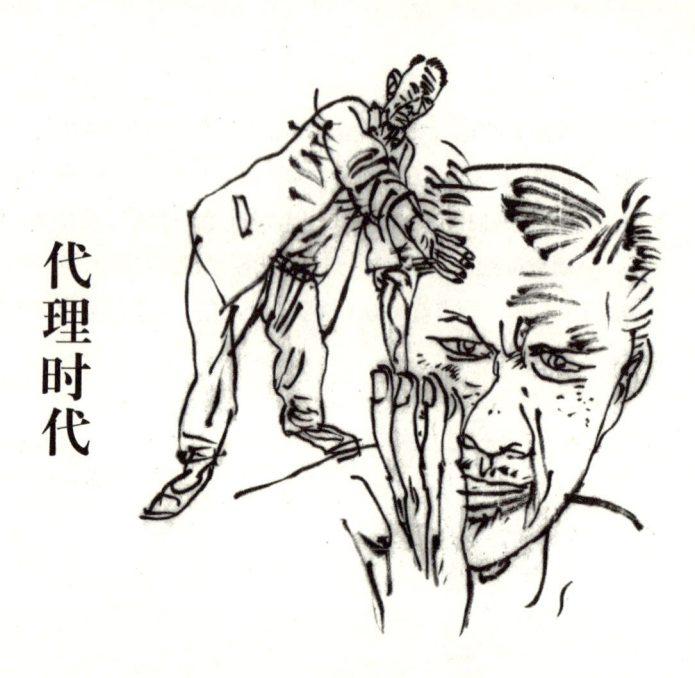

王大明是个成功的生意人，几年前，他取得了一个著名时装品牌的地区总代理资格，每年进项不少，但他仍不知足，最近，他正在争取一个知名化妆品的代理权。

这天，王大明正跟对方商讨加盟代理的问题，手机响了，是乡下的老爹打来的。王大明没工夫接，等谈完业务，王大明才给老爹打了过去："爹，刚才我正忙着呢，您找我有啥事？"

王老汉说："大明啊，昨天我过生日，等了你一天，咋就没见到你的影子？你该不会忘了吧？"

王大明说："啥？爹呀，您前两天就交代过了，这事儿我咋会忘呢？你昨天有没有收到一个大蛋糕？""有啊。"

"那就对了，"王大明笑了，"给你送蛋糕的人，就是代表我去的，我实在是脱不开身,就找了家礼仪公司,还花了一百多块的代理费呢!"

王老汉叹了口气:"唉,好吧,既然你没空就算了。对了,还有件事,自打去年你妈走了以后,我一个孤老头子就啥乐趣也没了,最近又摔了腿,连出屋都困难,现在就是整天看电视,可是家里那台旧电视机都看不清图像了,你能不能给我买台新的啊?"

王大明答应道:"爹,这还不简单吗?您就踏踏实实在家等着吧。"

过了两天,王老汉家果然来了一辆小货车,还拉来了一台大屏幕液晶电视机。不过,开车的、送货的都不是王大明。王老汉觉得奇怪:"咋我家大明没跟着来?"

送货的说:"大爷,您儿子预订了我们的网络代购服务,他留下的地址是您这儿,我们就送过来了。"

"啥购?"送货的一听笑了:"'代购',代购就是代理购买的意思。就是说您儿子在那个互联网上订了货,托我们送过来。这样买东西更方便、更便宜,当然,我们也能从里面赚几个辛苦钱。"

小货车开走老远,王老汉还没明白"代购"是个啥意思,不过儿子的心思他是懂了:他现在忙,没工夫,老爹安排的事不能亲自办,就让别人代替了。这小子,做生意靠代理发家也就罢了,竟跟老子也玩起"代理"这一套来了!行,过一阵子就是清明节了,该给你娘上坟了,我得提醒提醒你,看这种事你小子还能让人"代理"不?

清明节前,王老汉特意给儿子打了个电话,提醒他别忘了上坟的事。王大明在电话里一口答应下来:"行,我保证到时候我娘的坟上比谁家的都风光。"

可一眨眼,清明节过了好几天,王老汉也没看到王大明的影儿。不过,老伴的坟上倒也没冷清,也不知是谁家搞错了,不仅有人烧过纸,还有人放了花和供品。王老汉心里不痛快,儿子实在太不像话,于是他怏怏地给王大明打电话:"大明,清明节你咋没回来呢?咋不知道给你娘上坟烧纸呢?"

没想到电话那头,王大明一点愧疚的意思都没有,反而用非常肯定的口气说:"不可能!我请他们代理扫墓可是花了大钱的,他们还把扫墓的经过录了像,回来让我看了呢!"

王老汉这才明白老伴坟上的那些东西是咋回事,可是他还是想不通:"我知道,现在城里时兴这'代理'那'代理'的,不过,总不能连扫墓都代理了吧?"王大明哈哈大笑:"爹,现在只要肯花钱,连生孩子都有人代理。我只要有钱,啥事不能找人代理啊?有钱能使鬼推磨嘛!"王老汉没办法,只好叹着气说:"看来我是老了,跟不上时代了。对了,过几天我到城里去看看你。"

没想到,王大明一听就慌了:"爹,我现在可是没时间陪你,我忙着赚钱呢!何况你现在腿脚也没好呢,一瘸一拐多不方便。等过段时间,我花钱找人代我看看你。"王老汉说:"这你别管,我自有办法。"

过了几天,王大明的三叔忽然来到王大明的公司,王大明一见赶紧让座,吩咐秘书倒茶,然后问:"三叔,你干啥来了?"

三叔来到王大明跟前,二话不说,"啪",忽然给了王大明一记耳光。王大明急了,摸着火辣辣的腮帮子吼起来:"三叔,你、你干吗打我啊?"

三叔"哼"了一声:"你爹说了,让我也做个代理,替他教训一下你个认钱不认亲的王八羔子!"

(高阳侯)

(题图:魏忠善)

好好干活

黑夜给了我黑色的眼睛

温小雅刚生了个女儿，转眼三个月的产假结束了，也正赶上公司和员工续签合同的时间。温小雅来公司报到，没想到等待她的却是人事部长的一句话："小雅，现在你有了孩子，听说还是母乳喂养，无论你怎么努力，都会耽误工作，所以，合同我们就不续签了，这是老板的意思。"

温小雅二话没说，扭头就走。既然人家不待见了，还能说啥呢？

俗话说，祸不单行。温小雅失业没几天，女儿发起烧来，温小雅和妈妈带着孩子到医院看急诊，接诊的女医生问了问症状，说："你们先在对面坐一下，我得把孩子的病历录到电脑里去。"接着，她就点起了鼠标。

温小雅抱着孩子等了半天,不禁起了疑心:不对啊,医生录病人的资料还要背着病人和家属?这里面有问题!她走到医生电脑前一看,嗨,这家伙正在上开心网呢!"你这医生也太不像话了!"温小雅大叫道。那医生也意识到问题的严重,恳求着说:"对不起,求您别嚷嚷,我开心农场的菜熟了,不收,怕人偷……我这就给孩子打吊针。"

温小雅和妈妈只好忍气吞声,庆幸的是,吊针挂完后,孩子的烧退了。回来的路上,妈妈不停地说:"我要告这个医生,告到她领导那里。我还要找电视台,让他们曝光这医生!"

温小雅不说话,过了半天,她忽然"扑哧"笑了,说了一句让人摸不着头脑的话:"黑夜给了我黑色的眼睛,我却用它来寻找光明!"

大张旗鼓忙偷窃

温小雅这话的意思,说明她已经在人生低谷中找到了转机。她想:医生之所以置病人于不顾,甚至冒着酿成医疗悲剧的风险,不就是担心农场里的菜被偷吗?其实何止医生,各行各业都有大量这样的网民。自己何不自谋出路、帮人打理开心农场呢?

于是,温小雅便以"黑眼睛主妇"为名在网上发了一个帖子:"我,家庭主妇,开心农场顶级会员。白领的你,忙于工作,还要打理开心农场,起早贪黑,提心吊胆,太辛苦了!现在,不必再为它牵肠挂肚,我会为你打理一切,只要你支付一点点报酬……"

帖子发出后不久,有一个叫"兰亭"的网民通过QQ和温小雅联系上了,兰亭说:"你看,我在开心网的资产和经验值已经很高了,我现阶段的目标是组建一支由'宾利'车组成的车队,并拥有一架直升飞机做导航，而我却没时间来挣到这笔钱和经验值。如果你愿意帮忙，我可以支付报酬。"温小雅暗笑：看来算盘没打错，还真有人愿意花这个钱。很快，她们谈定了合作细则：温小雅为她每挣100万虚拟货币，兰亭愿意支付100块的报酬，车队组建成功后另加100块的奖金。

谈成了第一单生意，温小雅比拿了年终奖还高兴，不管怎么说，自己开创了一个新行业啊！

兰亭的开心农场里种满奇花异草，各种珍禽异兽散养其中，也正因如此，兰亭的农场成了偷菜者关注的焦点，频繁失窃。为了避免劳动果实被偷走，温小雅养了一只看场子的藏獒。

温小雅仔细打理着，播种、锄草、收获、钓鱼、贴车，每一道工序都一丝不苟，可是兰亭的存款和经验值增长速度很慢，温小雅算了一下，照这个速度，一个月也挣不到500块钱。她得出一个结论，要想有大发展，只有偷窃，才是"王道"！

偷窃不可怕，就怕偷窃者有文化。温小雅在偷窃中采用的是统筹分配法，她将可偷的东西列表，然后按照偷窃时间排序，这样偷起来有条不紊，又绝无遗漏。就这样，"江湖大盗"温小雅靠偷菜成了超级大赢家，兰亭的存款和经验值也"嗖嗖"往上涨。

这天，兰亭向温小雅发来"贺电"，并表示如果工期提前，她愿意再加200块奖金。这一阵，温小雅又接到好几单生意，有几个网友还提前把酬金打到温小雅的账户上，事业算是有了大发展的迹象啦！

盗亦有道

这天，温小雅又在网上看到一则新闻，说有个女白领喝安眠药自杀，原因是她农场里的东西不断被偷,她种的菜,有人偷;她养的鱼,有人偷;就连鸡蛋也未能幸免。她绝望了——为什么自己的劳动果实完全得不到保护?她觉得这个世界太黑暗了,决定离开这个世界!

这条新闻给了温小雅很大触动,开心网虽然是个虚拟世界,但玩家表现出的人性却是真实的,自己在虚拟世界的偷窃,和现实中的偷窃又有什么两样呢?

温小雅决定放弃偷窃,凭自己的踏实劳动来致富。她把自己在偷窃中的智慧用在劳动中,实行科学化管理,她还设了闹钟,提醒自己什么时候该干什么。这样做自然不能一夜暴富,但温小雅心里踏实多了。

没过几天,温小雅打开电脑,见兰亭发来消息,责问温小雅:"为什么存款和经验值上升速度降了下来,是不是偷懒了?"温小雅把自己的想法和盘托出,兰亭说:"你怎么当真了?网络里的偷窃能算偷窃吗?不要当真,你还要继续偷,加大力度偷!"

温小雅说:"朋友,这事能不当真吗?如果你没有当真,为什么愿意付钱来让我替你干活?"

兰亭停了一会儿说:"你是不是嫌我支付的报酬少了,要不我再加点?"温小雅很严肃地说:"不,我不愿意再偷了。如果你不满意我的工作方式,我们可以解除合同,这段日子算我白干。"

兰亭又沉默了好一会儿,她说,她尊重温小雅的方式,暂时不解除合同。

一个多月后,温小雅终于完成了兰亭托付的任务,成功为她组建了一支宾利车队,购买了一架直升飞机。交货那天,两人在 QQ 上聊天,温小雅希望兰亭将报酬打到她的银行卡上。

兰亭却忽然说:"黑眼睛主妇,我不想支付这笔报酬了。"温小雅大惊:

"你怎么能言而无信呢?"兰亭说:"我希望用另外一种方式来报答你。"

温小雅急了:"什么样的方式?你不会说给我虚拟的货币和经验值吧?"

"别恼火,听我说下去。"兰亭说,"我开了一家公司,最近在筹划着上创业板,是一个很有希望的公司。我一直想找一个财务总监,这个人要细心,要有条理,有创意,更重要的是,有好的人品,我觉得你符合所有的条件。如果你愿意,到我办公室来谈谈吧,我保证,你的月薪不低于10000元。怎么样,你有这个意向吗?"

温小雅兴奋得不得了,但她还是实话实说:"兰亭女士,我刚生完孩子,孩子还在哺乳期,因为这个,好几家公司拒绝了我。"

"那又怎样?你的孩子不会一辈子都需要喂奶,而你这样的人,是一辈子都可以合作的。"

温小雅很感动:"谢谢你的信任,我很愿意接受你的邀请,那么我怎么见你,怎么称呼你?"

"你到五洋大厦16楼,找宏达科技有限公司,我是董事长,你叫我韩梦婷好了。"

温小雅一下傻了:五洋大厦16楼宏达科技有限公司,就是她几个月前供职的公司,解聘她的,正是女老板韩梦婷!

好半天,温小雅才发出一句话:"韩总,我就是温小雅,刚刚被你们解聘的温小雅……"

(杨　格)

(题图:安玉民　梁　丽)

欢迎手机到此一游

老胡住的小院在城郊，正面临着拆迁。

这天早晨，老胡打开房门就闻到一股刺鼻的尿臊味。老胡围着院子转了三圈，最后在外围墙角处，看到湿汪汪的一片，地上居然还有纸巾。顿时，老胡是气不打一处来。这是哪个龟孙子，跑到我老胡家跟前撒野？老胡怒冲冲地回家，拿了个粉笔头在墙上写："在这里撒尿，断子绝孙！"写完还不解气，冲着地上的尿窝窝"呸呸呸"连吐三口。

正当老胡余怒未消时，听到脚下轻微的"嗡嗡嗡"声。他低头一看，哇塞，一个手机正在地上打转呢。老胡捡起来一看，不由一阵狂喜。手机背面那个咬了一口的苹果他认识，知道这个手机很值钱，起码得四五千块。他上大学的儿子曾经就跟他要过这种手机，被他痛骂了一通"败家子",结果儿子半年没回家。

回到家,老胡将手机擦干净,关了机,小心地用手绢包起来,然后喜滋滋地给儿子打电话:"儿呀,快回来吧,老爹给你弄了个印着苹果的手机。"儿子一听,马上答道:"真的?那我周末就回家。"老胡挂了电话,心里骂着:这个没良心的兔崽子,只认手机不认爹。

老胡神清气爽地在街上转。邻居指着他写在墙上的粉笔字说:"老胡,你可真有胆儿,你骂的可都是大官啊!"老胡不解地说:"我骂的是往我墙根撒尿的人,哪来的什么大官,一泡尿能照出大官?"邻居说:"你不知道吗?最近城里的大饭店没人敢去了,都转移到"地下"了。离这儿不远就有一家新改建的食堂,外表看不咋地,里面连厕所也没有,可吃的好东西多了去了。那些官喝完了酒,尿急,就在你这儿方便了。"

"哦……"老胡恍然大悟,怪不得之前没有这种现象。

这时,有一个人在附近转悠,还不时地朝这里看。等人群散尽了,那个人走过来,掏出一包中华烟递给老胡,问:"老哥,你有没有捡到一个手机?"老胡上下打量了那个人一番,估计是当官的秘书,便很冷淡地说:"没捡到。谁会把手机丢在这种地方?"那秘书愣了一下,最后还是耐着性子留下一个手机号码,好言说道:"老哥,如果你听说谁捡了手机,一定要通知我,有重谢的。送同样款式的新手机或者送五千酬金都行。"老胡心里一阵翻腾,终于放缓口气说:"那我给你打听打听吧。"

那人走后,老胡开始盘算,送给儿子新手机岂不更好?要么,就要五千块钱也挺划算。可是,那个人为什么不自己去买新手机呢?为什么偏偏要这个旧的?是不是手机里有什么秘密?

正当老胡胡思乱想的时候,老胡的大舅哥给他打来电话,说他给老胡找了个人，让老胡备好礼等着一块儿去跟拆迁办王主任"沟通沟通"。老胡就是想拆迁时能多分些，但苦于没有认识的人。听他大舅哥这么一说，就兴冲冲地去银行取来钱，封了一个大大的红包。

到了那里，老胡才发现，大舅哥与王主任也不熟。王主任正牙疼，一脸的不悦，只说一句："我知道了，你们走吧。"大舅哥一使眼色，老胡忙将红包递过去。谁知王主任一把挡了回来，说："如今不兴这个！"老胡两眼一黑，心想这下完了。

这时，王主任接了一个电话，才听几句，就不高兴地训斥："怎么，还没查到？你们是干什么的？"放下电话，王主任更是焦躁不安，示意老胡他们赶快离开。

老胡灰溜溜地回到家，还没进门，那个秘书模样的人又来了。他毕恭毕敬地问："老哥，你打听到了没有？有没有人捡到手机？"

老胡心里又是一翻腾，他似乎发现了一个秘密，于是将那人让进屋，然后慢条斯理地问："手机我确实捡了一个，但你得给我讲讲手机是怎么掉的？光撒个尿怎么把手机撒掉了？"

那个秘书模样的人知道手机就在老胡手里，但不说实话真要不回来，于是叹了口气，讲了起来。

原来，那天晚上拆迁办王主任在"食堂"请上面领导吃饭，中途，领导尿急，王主任就陪着领导跑到这儿撒尿。尿完后，王主任讨好地掏纸巾替领导擦手，就在掏纸巾时，手机被带了出来，掉落在地。但当时谁都没发现。

老胡听完，就问了一句："你说这手机是谁的？"

那人说："是我们拆迁办王主任的，我是他的秘书。"

老胡长长地"噢"了一声，又问："你们主任是不是这几天闹牙疼？"

秘书大惊，问："老哥你认识王主任？王主任就是为丢手机这事急的。我一天找不回手机，就一天不能去上班，帮帮我的忙吧！"

老胡现在迫切希望知道手机里的秘密，他耍了个心机，问："你让我怎么相信这手机是你们王主任的？"

秘书连忙说："我说几个人名和号码，你在通讯录里找找，如果有就是我们主任的。再不信，你就打电话试试。"

老胡拿出手机朝秘书晃晃，然后打开。秘书说了几个人的号码，果真，通讯录里都有。老胡看到通讯录里有一个"加油站"，便打开免提随手拨过去。还没等老胡说话，只听那边连珠炮似的说上了："哎呀，亲爱的，你急死我了，怎么好几天不开机呀？我以后再也不提要名分的事了，你可不能不理我呀！"老胡匆忙挂掉手机，对秘书说："不好意思呀，你们王主任我认识，我还是亲自送过去吧。"

秘书急得脸一阵红一阵白，哀求道："老哥，你打了电话的事，千万不能让王主任知道，有什么条件你尽管提。"

"我没什么条件，就是那天我去找你们王主任，说我这个院子拆迁的事，王主任正牙疼，没应。我寻思，我带着手机去，王主任就不牙疼了，兴许我能求他照顾一下。"

秘书说："小事一桩，何必惊动王主任呢？我打声招呼就行了。"接着，他拨了一个电话，说，"小董，小胡庄测量时关照一下河北路的老胡家，这是王主任的亲戚……对对对，尽量照顾。"打完电话，秘书松了口气，叮嘱道："老哥，这事就这么简单，不过此事天知地知，你知我知，烂在你肚里。"

过了几天，测量队来了。不用老胡提醒，老胡家的面积果真多出三十平方。

虽然再过些日子，这堵满是尿臊味的墙就不存在了，但老胡还是兴冲冲地又用红漆在墙上工工整整地刷上了一行大字"欢迎领导到此一游"。

不过以后再没有领导来了，因为那个饭庄被人举报，王主任受到了牵连，而老胡多要面积的事也泡汤了。

（冯彩霞）
（题图：刘为民）

你还欠火候

我家在小镇上开了一家餐馆,招牌菜是老爹做的醉鱼。

说起我家的醉鱼,那可是色香味俱全,既嫩又鲜,入口还有一股淡淡的酒香,在十里八村很有名气。中学毕业后,我进了餐馆,和老爹学做醉鱼,不久也能把这道菜做得像模像样了。我想接过老爹的班,让他多休息休息,可老爹却总是说:"再等等,再等等,你还欠火候啊。"说得我心里很不服气。

这天,镇政府的秘书一溜烟儿来到我家餐馆,告诉老爹,中午要准备两大桌,拿出最过硬的本事,特别要做出最最上等的醉鱼。老爹见镇秘书左叮咛右嘱咐的,连忙问是什么样的贵客。秘书四下看了看,压低声音告诉老爹,县长到镇里来检查,中午准备在镇上吃便餐。这可是县长第一次来到本镇,而且据说这个县长又是一个美食家,特别喜欢吃鱼,也特别擅长品鱼,所以镇长下了命令,指定在我家吃饭,拿出最最上等的醉鱼招待县长。

一听是这个原因,老爹可乐坏了,他一个劲儿地说:"请领导放心,我们爷俩保证完成任务。"镇秘书又千叮咛万嘱咐了半天,直到老爹保证由我主勺,由他把关,来一个双保险,镇秘书才放心地离去。这可是我第一次面临这样的考验,心里没底,坐立不安,怕出现什么闪失,误了县长的午宴。我一次又一次地催老爹快点儿动手准备,可老爹却好像什么事儿都没有一样,优哉游哉地抽着烟,还不轻不重地扔给我一句话:"急啥?越是大事儿越要沉得住气,你小子,欠火候哟!"

我没有办法,只好强忍着性子等老爹。终于,老爹抽足了、坐够了,才站起身来,一摆手:"动手!"

老爹一声令下,我便开始行动起来,精心挑选出两条上好的活鲤鱼,简单处理一下,把它们放进了温热的白水锅里。其实这是我家做醉鱼的一个秘诀,随着水温升高,锅里的鱼会头昂、尾动、嘴轻张,就在鱼第三次张嘴时,我们把精选的白酒顺着鱼嘴灌进去。当鱼不再张嘴时,那灌下去的白酒便闷进鱼腑,到时候再把鱼从水锅里捞出来,精心打理,鱼肉便能散发出淡淡的酒香。

我照着老规矩,把鱼放进锅里,然后两眼眨也不眨地盯着锅子,生怕错过了时机。

"灌酒!"就在我发愣时,老爹突然一声令下。

我这才意识到,该灌酒了,急忙顺着张开的鱼嘴把白酒灌了下去,可灌完白酒我才反应过来:"爹,这才是第二次张嘴呀!"

"没错!"老爹看着满脸迷惑的我,"这次的客人是县长,他们喝的酒肯定是好酒,而好酒的酒香就更浓,我们只有提前灌酒,醉鱼中的酒香才能更清醇!"

我点了点头,老爹说得对,我真是欠火候。

一切准备完毕,镇长和众人陪着县长进了餐馆。

老爹亲自上阵,端酒送菜,每上一道还要简明扼要地介绍一下菜名和特点,最后端上了醉鱼。县长边看醉鱼边点头,拿起筷子,轻轻夹起一块鱼肉,放进嘴里,慢慢嚼了起来,然后轻轻点了点头:"是你做的?"

"是我儿子做的!虽然他是跟我学的,可他的水平早超过我了!"老爹说着,把我叫了过去。县长拍拍我的肩膀:"好好干,有前途。"

能得到县长的表扬,我得意极了,和老爹一起,恭恭敬敬送走了这些客人。这时我们才感觉浑身像散了架一样,瘫坐在椅子上。

两人刚坐下,就见门一开,镇秘书走了进来。

老爹急忙站起来,拿过一个小本:"这次咱也记账吗?"

镇秘书摆摆手:"不,结账!"说完,看着老爹算完账,镇秘书掏出钱扔在了桌上。

老爹有些发愣地看着秘书:"这是咋了?秘书,你咋有点儿不高兴呢?是不是我们哪里做得不到位?你说出来,下次我们好改!"

"什么下次?县长临走时说了,你儿子的厨艺在乡镇还成,但登不了大雅之堂,因为他还欠点儿火候。"

我一愣:"哪里欠火候了?"

"县长说了,他在你醉鱼的酒香里品出了一点点鱼腥,这肯定是你在去鱼腥时还欠那么一点儿火候。"镇秘书说完,转身离去。

看着镇秘书远去的背影,老爹慢慢竖起了大拇指:"不愧是美食家县长!咱家醉鱼先进温水锅,就是为了去鱼腥。鱼前两次张嘴是吐尽了腹内的鱼腥,这时再灌酒那就是纯正的酒香。而提前灌酒,鱼腥吐不尽,自然只能用酒香来掩盖鱼腥。一般人根本就感觉不到的那丝鱼腥,县长只那么一口,就品了出来,佩服!"

我急得差点儿掉眼泪:"爹,你还佩服啥呀?你刚才真是瞎指挥,第二次张嘴就让我灌酒,你看人家说不来了吧!"

老爹见四周没人,这才"嘿嘿"一笑:"为啥?还不是为了咱这餐馆还能活下去。镇上原来那个金山餐馆,被镇长相中了,结果活活用白条子给吃黄了。咱要是不故意欠火候,县长吃高兴了,镇长肯定会把咱这盯上,以后镇上来人就会安排到咱家,那咱家关门的日子就不远了。"

"那这样你就不用关门了?县里镇里都不满意了,咱的名声也坏了,你说以后咋办?"

"县长也没说不满意啊,人家县长不是拍过你的肩膀了吗?还说,你的厨艺在乡镇还成。这可是县长的评价,多好的广告呀,还怕以后没人来吃你的菜?孩子,一定要记住,真正精明的厨师,不是用最精湛的技艺去做菜,而是根据不同对象和不同目的去做菜。一菜百味,因人而异,这才是真正的火候!"

我一愣,但很快就明白其中的道理了……

老爹无奈地一笑:"咱经营个买卖不容易,你只有过了这火候的关,爹才敢把餐馆真正交给你呀!"

(赵守玉)

(题图:安玉民 梁 丽)

手工贵妇

生活中没有才能而不自知的人不少,最倒霉的是,这样的人偏偏是自己的上司……

安西静子是个家庭主妇,一年前搬到了一片新建的住宅区,这里住着三百多户人家,大部分家庭的男人都在ABC电器公司上班,公司距离社区只有十分钟车程,不夸张地说,这片土地简直是专为公司员工开发的。静子的丈夫也供职于ABC电器公司,刚搬到新家时,静子每天都乐得心花怒放,可不久后,她就遇上了麻烦事。

那天,邻居鸟饲文惠告诉静子,在这个社区里,主妇们经常参加一个活动,那就是富冈夫人的茶会。富冈夫人的丈夫是ABC电器公司的董事,这位夫人每月举办两次茶会,与会的都是"丈夫部下的太太"。刚听说这事时，静子觉得很麻烦，心想：若要应酬上司，在公司里就够了，凭什么连私生活也得搭进去？但最后她还是决定参加下一次的聚会，因为这样做也许可以帮助丈夫提升一些印象分。结果直到今天，静子还常常后悔当初的决定……

这天又是举办茶会的日子，静子磨蹭了好久才心情沉重地走出家门，等她来到富冈府，客厅里已经到了好几位太太，都是熟面孔。静子刚坐下，富冈夫人就来了，她看了看墙上的时钟，又看了看在场的所有人，目光灼灼地说："山田太太好像还没光临呢。"

鸟饲文惠紧张地挺直腰，回答说："这个，山田太太的亲戚过世，所以请假了，她……她说错过茶会很遗憾。"

富冈夫人同情地皱起眉头："这可是大事啊，外子知道这件事吗？我让他视情况发个唁电吧。"

鸟饲文惠听了这句话，突然变得语无伦次："啊，不不，不用了，那个，听说只是远房亲戚……"

富冈夫人这才点点头："那就先不发唁电了吧。"

点完名后，茶会终于开始了，今天富冈夫人招待大家品尝她亲手做的曲奇饼，夫人端上饼干，骄傲地说："虽然我第一次做曲奇饼，可烤得很不错，孩子们也都夸好吃。"

静子看着满满一盘焦黄色的饼干，感到一阵头皮发麻，但事到如今，想不吃也不行了，她拿起一块放入口中，曲奇饼咬起来嘎吱嘎吱的，活像在嚼火山石，味道也腻死人，完全没有曲奇应有的香甜，只有砂糖甜得发苦的味道。静子忍不住伸手端起红茶，把嘴里的曲奇饼冲下去。再看其他几位太太，也都在努力吞咽着，鸟饲文惠一边吃一边说："很可口，简直入口即化。"其他太太也赶忙附和："是啊，味道非常高雅。"静子听了，只好也含糊地说了几声"好吃"，富冈夫人微笑着接受大家的赞美，显得很满意。

静子暗暗叹了一口气：其实这个所谓茶会，就是为了恭维富冈夫人的手工制品。这位夫人酷爱手工，她的一大乐趣，就是向大家展示自己的作品，可不知为什么，她做出的东西都在正常水准以下，而她本人对此还毫不自知。静子觉得，夫人不光味觉不灵敏，说不定神经也出奇地迟钝。

喝过茶后，富冈夫人送了每人一大盒曲奇饼，静子看着这些硬得像石头一样的饼干，不禁苦笑起来。夫人喜欢把自己的得意之作送给大家，静子收到过的就有被误认为抹布的餐垫，还有丑陋的洋娃娃，让孩子一看就吓得哭了起来，但最麻烦的还是食物。一次夫人送了大家她亲手腌制的香肠，静子一开始也想凑合着做给丈夫吃，可无论怎么煎炒烹炸，香肠还是发出一股肉类腐烂的味道。丈夫说什么也吃不下去，只好拿去喂家里养的狗，没想到那狗刚闻了一下，立刻"汪"的一声惊叫，飞快地往后直躲，夹着尾巴逃走了，最后只好把香肠扔进厨房的垃圾桶，看来今天的曲奇饼也会是这个下场。

每到扔垃圾的日子，静子就特别提心吊胆，生怕被人看到，特别是被茶会的同伴看到，如果有人跑去告密，就麻烦了。这一带乌鸦又多，赶上垃圾回收车来迟了，垃圾袋就会被乌鸦啄得一片狼藉。因此静子每次处理富冈夫人的礼物时，都至少套上三层垃圾袋。

日子就这样郁闷地过着，这天，静子接到鸟饲文惠打来的电话，鸟饲通知她，夫人有礼物要送给茶会的全体成员，请大家明天务必光临。如果谁有事去不了，以后夫人会亲自送来。

第二天，静子愁眉苦脸地出门了，丈夫在她身后小声道："别忘了对夫人强调一下，我们家人饭量小。"

到了富冈府，静子一走进庭院，就觉得一股异样的臭味直冲鼻孔，来到院子里，味道更重了，只见茶会的常客都到齐了，她们看到静子，都露出五味杂陈的笑容。

庭院中央放着四个巨大的塑料水桶，只见富冈夫人兴致勃勃地挽起袖子，伸手探进其中一个，揪出一棵足有脑袋大小的白菜："这些泡菜看起来很诱人吧？我这是第一次腌菜，既然腌了，就请大家都尝尝，一共用了五十，哦不，是六十公斤白菜，光蒜就用了一公斤呢，呵呵呵呵……"

听到这番话，静子只觉一阵眩晕，这么说来，今天要分送给大家的就是这些泡菜了？怎么会这样！

夫人却完全没留意静子她们的表情，忙着从水桶里拿出泡菜，"扑通扑通"地倒进准备好的大号塑料袋，依次发给众人，还叮嘱说："回头别忘了反馈感想。"等静子回过神来，两手已各拎着两个塑料袋。

一回到家，静子的丈夫就嚷道："什么味儿呀，快扔掉。"静子点点头，要尽快扔了才行，搁得久了，整个家都会臭不可闻，可问题在于怎样扔掉。垃圾袋根本挡不住这股强烈的臭味，就这样扔到垃圾场是行不通的。静子想了一会，终于有了点子。

两天后的上午，快九点了，静子透过窗户不时地张望，她盘算着，等垃圾回收车一开过来，自己就马上拎起垃圾袋飞奔出门，只要争取垃圾第一个被回收，就能神不知鬼不觉地处理掉。

但打这个算盘不止静子一个，当静子飞奔出门时，几乎同一时间，好几个家庭主妇拎着垃圾袋从不同方向出现了，一看面孔，都是茶会上的同伴。大家面面相觑，静子望着别人手里的垃圾袋，不由地把自己的垃圾袋藏到身后。

垃圾车逐渐开近了,大家都尴尬地沉默着,谁也没有勇气放下袋子就走。或许是心理作用,静子觉得有泡菜的臭味飘散出来……终于,清洁工开始收集垃圾了,大家默默地把垃圾袋放到回收口旁边,却都没有离开,而是站在原地看着清洁工作业。清洁工把几个袋子收起来,突然小声嘟囔了一句:"这是泡菜的臭味吧?"

那一瞬间,静子看到所有人的表情都僵住了,自己也多半好不到哪里去,她挤出一个尴尬的笑容,赶紧回家去了。

转眼又到了茶会的日子,这天人来得很齐,富冈夫人心情大好,高兴地说:"最近我正在研究一个新玩意儿,和烹饪、缝纫完全两样,相当有难度,不过做起来很有意思,不知不觉就迷上了。"

鸟饲文惠凑趣说:"这回夫人要挑战什么新项目?"

夫人说:"我很快就会展示给各位看,请稍等片刻,这段时间大家先喝喝茶、聊聊天吧。"说着离开了客厅。

屋里一下安静下来,好一阵子,谁也没有开口,大家都窥探着别人的态度。终于,坐在静子边上的一位年轻太太凑近她问:"那个,有点棘手吧?"

静子谨慎地说:"什么?"

那位太太叹了口气,说:"我是说,泡菜。"

这话一出口,众人霎时屏住呼吸,静子假装平静地点点头:"是很棘手……量有点多了。"

先开口的那位太太好像松了口气,这时,另一位主妇也加入了谈话:"是啊,我家孩子太小,不太喜欢那个味道,不过,好吃还是蛮好吃的,要是大人的话,味道就正合适了。"

这时一个心直口快的主妇插嘴道:"味道太特别了,我家那口子一尝就说,这是什么啊,味道真怪。"

大家顿时沉默了,谁也没想到有人会大大咧咧地直接说出"味道真怪",毕竟到目前为止,还没有人公开对茶会表示过不满。可沉默没有持续多久,今天大家似乎都有点忍不住了,又有人接口说:"说起来,味道特别的食物还真不少,以前的香肠不也是吗?"

"哦,那个啊,确实有点……臭烘烘的。"

"还有那个曲奇饼你们觉得怎么样?"

平时专爱奉承夫人的鸟饲文惠说道:"活像在啃墙土。"

大家哄堂大笑起来,就像解开了魔咒,大家肆无忌惮地批评起了以前那些作品,最后静子总结道:"真是可悲啊,不管做什么都一塌糊涂。"

鸟饲点点头:"不光烹饪,缝纫也是……不知她今天又要献什么宝。"

"不会是什么难以下咽的饮料吧?"

"嘻嘻,那你就假装手一滑摔了就没事。"

"哇,高智商犯罪!"

这时,大家已经完全放开了,眉飞色舞地嬉笑起来,静子心想,如果茶会都像今天这样,就是天天开也乐意。

这时,一位主妇从桌下拿出一本杂志,说道:"咦,这里有本奇怪的杂志,是董事看的吧?"静子从旁边凑过去一看,那本杂志是《电子工作》,她顺手翻了翻,突然发现其中一页夹了一张书签。一看那一页的标题,静子顿觉心里猛地一沉,那标题是——"你也可以制造窃听器"。

众人一看,立刻无言地站起身,四散寻找起来,很快,鸟饲"啊"的叫了一声,从花瓶背后拿起一个东西。那是一个小方盒,和杂志上刊登的窃听器成品一模一样。

大家静静地推开客厅的门,动作僵硬得像机器人,先后来到走廊上。富冈夫人就在走廊尽头的洗衣机旁,一看到她,静子等人顿时惊慌失措。

"不得了啦!"

"白沫……夫人口吐白沫了……"

"夫人,振作一点!"

原来,富冈夫人今天展示的作品正是自制窃听器,当她通过窃听器听到大家的谈话后,不知什么时候,已经昏了过去……

(改编:顾　诗)
(题图:佐　夫)

跳槽马

京城的城西头新开了家饭馆，开张才一个月，生意就火得不得了，豆瓣鱼、龙脆骨、驴打滚……店里风味独特的民间家常菜吸引了很多达官显贵，一时竟成了京城的潮流。那些有头有脸的人怕出入这小馆子有失身份，常常轻车简从前往，他们吃饭时，那些拉车的坐骑就拴在饭馆后院的马棚里，由店小二加草添料、照顾周全。

无规矩不成方圆，由于马匹众多，怎样给马匹排顺序、添草料也就大有学问。店小二鬼精着呢，饭馆在城西，食客用完饭菜大多骑马向东而去，因此东边为贵，食客的官越大，他的马匹就排得越靠东，出行就越方便；再一个，官大的，他的马匹想必也名贵，添的草料也就最新鲜。时间一长，店小二定下一套规矩：一品二品大员的马匹添的是刚割来的马草,里面还加了细粮;三品至五品的马匹只有青草;五品以下则是普通的枯草。

店小二还让人打造了一个长长的可移动的马槽,槽子被分割成几十个小槽,每匹牲口分一个小槽,互不干涉。

店小二想得虽然周全,但马匹毕竟是畜生,它们只想吃到最肥美最新鲜的草料,哪懂得人世间这论资排辈之事?所以马匹吃草时,常常有好几只马嘴往一个小槽子里"出溜",店小二不得不拿根木棍不停地敲打着槽沿:"哎哎哎,三品马,你怎么把嘴伸到二品槽里了?那个谁,五品马,你也太草包了,干吗放着青草不吃,偏吃枯草啊?"

一开始,马匹还不太习惯这种等级划分,后来经过店小二多次强化训练,都渐渐懂得其中的道道了,全都乖乖地在自己的小槽里吃草,少有"越礼"之举,而那些达官显贵,对这种做法也会心一笑,心里十分满意。

一天,一个中年人骑着一匹白马来到饭馆,店小二眼睛多尖啊,只搭一眼,就知道来人只是贩夫走卒,没什么背景:只见来人一张大黑脸,都快赛过包公了,腮帮子上还有一道长长的伤疤,而他骑的马也有点瘸,马脖子上挂一个铃铛,马一走,身子一歪,那铃铛就响个不停,显得特别可笑。

店小二心里不痛快,强挤出一丝笑,说道:"客官里面请,我给您的马添些草料。"

刀疤脸把瘸腿马交给店小二,叮嘱道:"好好伺候,可别欺负它啊!"店小二"扑哧"一声乐了,油嘴滑舌地说:"客官说笑了,我两条腿的怎敢欺负四条腿的?它要发起怒来,踢我一脚,我怎么挡得住呢?"

店小二把瘸腿马牵到马槽最靠西的地方,给它添了点枯草,就忙着进店招呼客人去了。一个时辰过去,二品大员赵大人酒足饭饱,起身要回府,店小二忙送赵大人出去,可来到马槽前,店小二的眼睛直了,天啊!那匹瘸腿马正凑在最靠东的槽子里大嚼特嚼细粮嫩草呢。

赵大人顿时拉下脸来:"不知这瘸马是哪位大人的宝驹?难道今日店里还有一品大员不成?我竟没瞧见!"

店小二慌忙解释:"大人别误会,这都是小人的疏忽,我忘了把这倒霉马拴好,它这挨千刀的自己跑东边来了,它是个畜生,不懂人事,大人莫怪。"

赵大人有心生气,可一想自己也是有身份的人,为这小事动怒,显得没有气度,于是微微一笑:"其实马匹分不分等级,我是不在乎的,但我公务繁忙,只想用完饭后早点回府去处理公事,马匹靠东方便一些。今天的事就不追究了,下不为例!"

送走了赵大人,店小二总算是迈过了这道坎儿,他有些后怕,就踱步来到瘸腿马面前,愤愤地说:"我说你是哪来的破马啊?你看你这德性,还硬要吃细粮、啃嫩草,你再往东靠试试?我抽你啊!"

瘸腿马抬起头,后槽牙拼命地来回咀嚼着,没拿店小二的话当回事。

一连几天,刀疤脸总会骑着瘸腿马来饭馆吃饭,店小二看到他在马背上颠来颠去的,心里就好笑:一般人骑马图个舒服,你骑瘸腿马图个啥?想把自己的屁股颠出疙瘩来啊?

更让店小二气不过的是,一般人来吃饭总会点几样招牌菜,刀疤脸倒好,每次来只点一碟花生米,一边数着花生米的个数,一边喝着小酒,那惬意劲儿,让店小二看了有打人的冲动。

这天,刀疤脸又骑着瘸腿马来了,店小二接过缰绳,来到最靠西的槽子边,把绳子牢牢地拴在了木桩子上。这回可不能出娄子了,今天来了位一品大员,要是这破马再跑到最靠东的槽子,可就麻烦了。

拴好瘸腿马,店小二又到店里招呼客人。过了半晌,一品大员吃完饭来到后院一看,脸上顿时变了颜色,原来那匹瘸腿马不知什么时候,又蹭到了最靠东的槽子,吃起了细粮嫩草!跟来的店小二心里一凉,跑到拴瘸腿马的木桩子前一看,我的娘啊,木桩子被蹭掉了一层,缰绳也有磨损的痕迹,原来这破马还会用嘴解扣!

店小二吓得两腿直打哆嗦,脸上一会儿发绿一会儿发白。一品大员沉着脸问:"怎么?难道当今圣上今日不在宫中用膳,跑来你这饭馆寻乐?"

店小二"扑通"一声跪倒在地:"大人息怒,这破马不识好歹,小人本把它拴在最西边的槽子上,可是……可是这破马心刁嘴馋,竟会用嘴解绳扣……"

一品大员把脸一拉:"我来饭馆也是图个痛快,不想心里添堵,如果下次再看到这破马扫本大人的兴……"

店小二磕头如鸡啄米:"大人放心,小人一定把这破马给看牢了!"

一品大员一甩袖子,走了。

这下,店小二再也忍不住了,转头就找到正在数花生米的刀疤脸:"这位客官,你那匹良驹实在是太……你再来小店吃饭时,可不可以不带它出来?"

刀疤脸很不高兴:"怎么?我吃饭又不是不付钱,为什么要我徒步前来?"

店小二一阵气急:"这个……你这匹马腿脚也不利索,你骑在上面我看着都难受,还不如……"

刀疤脸打断店小二的话:"一派胡言!我与'赛赤兔'感情深厚,人在马在，你无权把我们分开。"

店小二一听，差点哭了，这破瘸腿马还叫"赛赤兔"？走路一步三晃，比乌龟快不了多少。店小二抱拳作揖："客官，我求您了，您的这匹良驹太不安分，我拴了它，它自己用嘴解开扣，到处乱跑，我、我不好交代啊……"

刀疤脸一皱眉头："此话怎讲？难道你连一匹马都看不住？"

店小二被噎得说不出话来，恨得直咬牙：这破瘸腿马，下回一定要看牢它！

没几天，刀疤脸又骑着瘸腿马来饭馆吃饭了，这回，店小二在马头上多系了一根粗绳子，然后在木桩子上系了个死扣，还派一个小童死死盯住那瘸腿马，只要马有意解扣，就叫小童通知自己。

还别说，加了粗绳后，瘸腿马可谓"黔驴技穷"，再也挣脱不了了，但是它脾气不小，不甘心吃枯草，梗着脖子，半点草料没吃。店小二心里痛快：我管你吃不吃草，你一点不吃才好呢！你家主人就是个小气鬼，每次来就喝壶小酒，点一碟花生米，我们店赚的钱还不如你吃的草料多呢！

可没美上几天，店小二心里就发虚了，瘸腿马不吃草他不担心，可是那些达官显贵的马，见瘸腿马不进食，竟都立在一边乖乖"候"着，都不敢低头吃草。店小二心里急啊，跑到那些马匹跟前，用小木棍敲打着槽子沿儿："哎哎，吃草啊！真是笨马，你们家主人多厉害，他们给你们撑腰呢，快吃，别让这破瘸腿给唬住了！"但任凭店小二使出浑身解数，众马匹还是一副胆战心惊的样子，仍然不敢动草料。

店小二搜肠刮肚也没想出好办法，总不能强摁马头，逼马吃草吧？

时间一长，这事就露馅了。俗话说，马无夜草不肥，要想把马养得膘肥体壮，就得给马加夜餐，可是马匹白天在饭馆没吃上粮，回到府中再猛补，一饿一撑，时间长了，这些马都消瘦了下去。达官显贵觉察了，都质问店小二，是不是照看马匹不周。

店小二不敢再隐瞒，只能把那瘸腿马的事，一五一十地说了出来。赵大人和其他几个官员听了，勃然大怒，让店小二把刀疤脸叫到跟前："你好大的胆子！竟敢拿一匹瘸腿马来吓唬本大人的坐骑！你该当何罪？"

刀疤脸未露出一丝怯意，神情自若，不紧不慢地说："大人明鉴，在下只是骑马来吃饭，马匹不吃草料，这有何罪？"

赵大人好不气愤，抽出长剑挥向了刀疤脸的右臂！刀疤脸下意识地抬手去挡，只听"喀嚓"一声，刀疤脸的右臂被硬生生地砍了下来，但让人诧异的是，刀疤脸并没流半点鲜血。众人再仔细一看，那右臂竟然是用木头做成的假肢！

众人都愣了，店小二吓呆了："没……没胳膊啊，你……你是谁？断臂人骑瘸腿马，倒是般配。"

赵大人大喝一声："你到底是谁？"

刀疤脸仰天长啸："我是谁？我也忘记了自己的姓名。我只记得十几年前，我为朝廷横戈跃马，把叛军杀得丢盔弃甲，生擒贼首！可是，在一次激战中我中了敌人的毒箭，郎中只能把我的右臂砍去。朝廷见我不能再上马为社稷出力，兔死狗烹，鸟尽弓藏，把我抛弃了，而我的战马也中了敌人的地钩刀，从此瘸了……"

赵大人眉头皱了起来，他想了半天，问道："你……十几年前朝廷封过一位常胜将军，可就是你？"

刀疤脸仰天大笑："哈哈哈，朝廷忘了我，我也不记得自己姓甚名谁。哪怕曾经名震四海,可一旦被遗忘,连一个店小二也能对我指手画脚。奇的是,人会遗忘,畜生却不会,我的战马'赛赤兔'当年日行千里,夜行八百,驰骋疆场,威震敌军,人称'马王',天下所有马匹见了它都吓得颤抖不已。如今它的腿瘸了,但威风犹在,那些凡马仍然惧怕于它,这就是为何它不吃草,其他马匹不敢张嘴的原因。"

刀疤脸抚摸着"赛赤兔"的背,连声叹道:"人不如马,人不如马啊!"

(赵连凤)

(题图:黄全昌)

乡下的乌龟进城来

高翔和妻子结婚五年,终于迎来了两人爱情的结晶——珊珊。

老父亲听闻孙女呱呱坠地,连夜从老家送来一只野生大乌龟,给儿媳进补。

高翔送走了父亲,便准备杀龟。高翔的岳母是礼佛之人,赶忙劝阻说:"乌龟是吉祥的象征,我们以前还特意去买来放生,保佑全家平安健康。如今,你却要把它杀了吃掉,你不为了自己,也要为珊珊积点德啊!"

高翔一听岳母把话都说到这份儿上了,便立刻承诺,明天就去放生。第二天,他带上这只大乌龟,开车去了城郊的大河边。那里风景秀美,还有过高翔夫妻俩甜蜜的回忆,是个再合适不过的放生地点了。

到了河边,高翔却大吃了一惊:几年不见,这里竟成了嘈杂的开发区。

吃惊归吃惊,高翔还是把大乌龟直接扔进了河里。

说来奇怪,那大乌龟刚沉入水底,就冒了上来,还快速划动着四肢,蹿回了岸边。

高翔一看，莫非它舍不得我？于是，他俯下身去，对那大乌龟轻声念叨："去吧，伙计，你重获新生啦！"说完，高翔又在岸边捡起一根树枝，把大乌龟推下河里。

这回，那只大乌龟的身体刚一沾水，又再次调头，更快更猛地划了回来。

咦，这是个什么情况？不行，送佛送到西，放龟要放到底。高翔卷起裤管，抱起大乌龟，就向河中心走去。走了好几步，他放下大乌龟，才向岸边走去。巧的是，他前脚上岸，大乌龟后脚就跟了上来。

只见大乌龟趴在地上，伸着细长的脖子，睁着一双绿豆小眼，可怜巴巴地看着高翔。

正在高翔不知所措之时，他只觉沾水的皮肤一阵瘙痒，一挠一条红印。他联想大乌龟的种种反应，不禁感慨起来：河水被污染啦，难怪大乌龟不肯下水，它在这里不是重获新生，而是一路去死啊。

无奈之下，高翔只好把大乌龟带回了家。

一到家，高翔就一头冲进浴室，痛痛快快洗了个澡。他洗完澡后，不等岳母发问，就把放生的来龙去脉交代了一遍。

岳母听完，不由双手合十，口中念念有词："南无阿弥陀佛！看来，这乌龟和我们家有缘，就放在家里好好养着吧。"

接下来的几天，高翔在阳台上搭起了一个小水池，给这只从乡下来的乌龟在城里安了个小家，还给它取了一个响亮的名字——"忍者"。

可养了几天，高翔就发觉不对劲："忍者"每天一动不动地趴在水池底，不肯吃自己放进去的小鱼小虾。

最后，高翔只好打电话给自己的老父亲咨询。

老父亲却满不在乎地说:"人要是饿了,还能啃树皮呢,何况一只龟?你再饿它几天,我就不信它不吃!"

还别说,等过了几天,高翔再去看"忍者"时,果然发现先前投放的食物不见了,想必是"忍者"偷偷地吃了。

从那以后,"忍者"对于高翔的喂食一概接受,来者不拒了。

一晃一年多过去了,珊珊开始蹒跚学步,咿呀学语了。"忍者"也肥硕了不少。高翔每天下班后就在家抱抱孩子,养养"忍者",很是惬意。然而到了2013年3月份,禽流感在全国范围内大爆发了,一时间,众人都谈"禽"色变。

在这种背景下,高翔的岳母郑重宣布:"在禽流感危机解除之前,全家都吃素。"

吃素的日子真不好过啊,别说高翔了,就连"忍者"吃惯了鱼虾,对瓜果菜叶,也很不感冒。

好几次,高翔去看"忍者",都看见它对着水面上漂着的菜叶视若无睹,只是伸长了脖子,期待地望着高翔。

高翔看了是又好气又好笑,无奈地对它说:"别说你了,我也一个多月没沾过肉了,你就将就着吃点吧。"

没想到几天后,"忍者"就开荤了。

这天,高翔正在上班,突然接到岳母的电话。挂了电话,高翔就心急火燎地往家赶。

一进家门,岳母就控诉起"忍者"来。

刚才,老太太在做饭,珊珊一个人去逗"忍者"玩,被狠狠地啄了一口。等老太太听到哭声,赶到水池边,"忍者"早已蜷缩到龟壳里,不肯出来了。

高翔看着珊珊手上的伤痕,心如刀割。妻子更是咬牙切齿,恨不得立刻宰了"忍者"。最后，还是岳母拍板定论：将这只野性难改的乌龟逐出家门。

于是，高翔又带上"忍者"，开车来到城郊的大河边。

高翔对着犯错后一直缩头缩脑的"忍者"说："我们的缘分就到这里了。你回河里去吧，无论如何你也不要上来了，就是上来了，我也不会带你回去了。"说完，高翔狠狠心，将"忍者"扔入河中。

说来真是奇怪，这次"忍者""扑通"一声下去后，就像是被解放了一样，马上划动四肢，眨眼的工夫就没了踪迹。

高翔站在岸边很久，没看到"忍者"浮出水面，却看到几个男人，准备下河游泳。

高翔冲领头的那个中年男人说："大哥，这河水可脏了，我上次在这里下过一次水，皮肤奇痒无比，过了两天，才慢慢恢复过来。"

中年男人似乎并不惊讶，他说："嗯。我们第一次下水也有这种症状，多游几次就适应了。咱这几年，吃的是啥，喝的是啥，还有啥好怕的呀！"

一阵"扑通扑通"的入水声，男人们相继跳入河里。

高翔看着这些身影，突然明白了，为什么"忍者"刚来城里，一下水就逃了上来，而这次一入水，就不见了。不是它通人性，听懂了自己的话，而是这些日子，它吃的喝的都和城里人一样，练出了"百毒不侵"的本领啊！

高翔想到这里，不由又喜又忧。喜的是，乡下的乌龟进城成了洋气的"忍者神龟"；忧的是，城里的小珊珊长大又将面对怎样的世界呢？

(方成钢)

(题图：张恩卫)

寻 味

有个钱总,生意做得很大,可不曾想年方五十却得了绝症,百医无效。

对此,钱总倒颇想得开,觉得自己苦吃了不少,福也享了不少,算是没有虚度此生,但他还有一个小小的心愿:尝尝当年家乡的三道农家菜——拍黄瓜、九段锦和小鱼锅贴。拍黄瓜是把黄瓜拍碎,加碎葱姜、撒盐、淋醋而已;所谓九段锦,乃是将蛇肉去骨,剁成数段,加水煮熟后淋上红辣麻油,这样出锅后的蛇肉鲜红如锦,故名"九段锦";至于小鱼锅贴,则是将柳叶小鱼剖腹去鳞,和些高粱面糊,贴在锅的四周边,锅底中另放些水煮鱼,火烧水沸之后略略一煨即可。每每回味这三样的味道,钱总便觉得齿颊生香。

钱总的妻子听了,当下找来各大名厨,选了上好的食材,使尽浑身解数张罗这三道菜,可每次菜端到钱总面前,他总是摇着头说不是这么个味儿,折腾得整个病区无人不知,无人不晓。最后,钱总苦笑着指指自己的舌头道:"人哪,最难欺骗的就是自己的舌头!"

不想就在大伙儿一筹莫展之际,医院的勤杂工老王头找上门来,说他愿意一试。只见这老王头年近六十,满头银丝,粗手大脚,怎么看怎么不像会做饭的。没想到钱总妻子一番犹豫,竟答应下来,不过老王头也提了个小要求,要几件竹木家伙。

第二天,这三样菜给端进了病房,说来也奇,钱总只吸溜了一下鼻子,便眼前一亮,拿起筷子先夹了块拍黄瓜,入口以后闭上眼睛,好一会儿才双腮开动:"好、好、好,就是这样的味儿!"随之风卷残云一般将三样饭菜吃了个精光,把妻子惊得目瞪口呆。

吃过饭菜,钱总非要见见老王头不可。见了面,他便追问老王头做菜的秘诀。老王头一笑:"厨师有句行话,叫美味在厨技之外。我做出这三样饭菜合您的味,并不是我能耐大,而是多亏您夫人给我找来的这几件厨具!"说着,从背后拿出一把木刀、一把竹刀和一张旧渍斑斑的枣木锅盖。

接着他才揭了底:"别小瞧这几样东西。用木刀拍黄瓜,黄瓜的清爽味儿便留下了;用竹刀剁蛇肉,蛇肉的细腻香滑味儿便留下了,而用铁刀却会让食材沾上铁腥!"

钱总听了,点头道:"是啊,当年在田里,我摘下几根黄瓜,用镰刀柄敲碎了就着蒜头吃,便是这鲜美滋味儿;那一回在山里砍柴抓了条野蛇,就用竹片剖开,放在陶罐里添上水,撒上山辣椒一块儿煮,味道出奇美!原来都是歪打正着啊。"随后他又一指那个枣木锅盖,问:"这个锅盖有何用场？"

老王头道："做小鱼锅贴啊。水沸之后，用慢火煨一煨，吸附在锅盖上的鱼香味就会被倒逼回去，铁锅盖、铝锅盖可没这功用，只有用了多年的旧木锅盖才成，这叫煨味儿！"

钱总茅塞顿开："原来如此。"想了想他又道："老王师傅，实话实说，我还是感到这味道与以往在家乡吃的差那么一点儿。"

"是差那么一点味道。"老王头点了点头，"差了点水味儿。"

"水味儿？"钱总瞪圆了眼珠。

"一方水土养一方人，美不美，家乡水嘛！不知您听没听说过杨贵妃吃荔枝的故事？"

钱总笑说："'一骑红尘妃子笑，无人知是荔枝来'嘛。"

谁知老王头摇摇头道："您只知其一不知其二。当年杨贵妃为去荔枝的火气，命宫使八百里快马飞赴蜀郡，拿新鲜的毛竹筒盛了合江水运回长安，把荔枝浸泡一个时辰才可入口。所谓盐是百味之主，水是百味之源！"

听老王头一席话，钱总突然感到这老王头身世不寻常，便问："敢问王师傅，以前干过厨师？"老王头坦然道："干过啊，两年前才不干了。实不相瞒，我的曾祖便是王希庄。"

钱总不由又大吃一惊：这王希庄可是清末第一御厨啊，相传他除了能把握甜、酸、苦、辣、咸、鲜这六味之外，还能道出一个"真味"来，人称"七味王"。他那"喷水辨味"之能，也叫人可望不可及：每动刀勺之前，案上遍列所需菜蔬，噙一口水往空中一喷成雾状，用鼻子嗅一嗅，便对菜蔬之间如何搭配、怎样用料、火候分寸等了然于胸，做出的菜肴果然别有滋味！

知晓了老王头的身世来历，钱总纳闷了：作为王希庄的后人，这老王头为何要放弃家传绝技却来到医院做勤杂工呢？面对钱总大惑不解的目光，老王头欲言又止，微微摆了摆手，显然有难言之隐……

不过，这三样饭菜让钱总终于明白：原来家乡的水味也至关重要，可他已有多年不曾回老家了！

当下，钱总强支病体，要回老家看一看，老王头也答应同行，再为他用家乡水做一回饭菜。

一行人立刻出发，可一到那儿，钱总就吃了一惊：往昔的田野上，矗立着一个高楼成排、电网密布的现代化工厂，村庄反倒被挤到了一隅之地。钱总的堂兄接待了大家，热情地为大家端茶倒水，可老王头啜了一口茶水，眉头直皱，洒了一手水。

等钱总说明来意，堂兄顿时灰了脸，跺着脚道："老弟呀，晚了。想当年，咱们村随便在哪棵柳树下刨上两镢头，便会冒出一眼甜甜的泉水来。可如今，树全死光了，别说泉水了，地下水抽上来也压根儿不能喝！"

"难怪你们这茶泡得不是个味儿啊！"老王头大悟道。

"可不是咧。"堂兄道，"村民们能搬的都搬走了。"

"怎么……怎么成了这个样子？"钱总胸口像有块巨石堵住了似的难受。

"嗨，还不是它造的孽！"堂兄一指不远处的化工厂，说，"自从十年前它建在这儿，咱们村的水就变了味，从此不少人得了怪病，可县环保局来化验水质，都说是达标的。"堂兄越说越气，一指自己的舌头道："这不是明摆着睁眼说瞎话吗？你能欺天欺地，可最难欺骗的是自己的舌头啊！"

"好一个能欺天欺地，最难欺骗的是自己的舌头！"老王头也激动起来，转身对钱总道，"钱总，说实话，我放弃老本行也实属无奈啊！都知道我们王家的'喷水知味'关键是喷水，其实喷水只不过是掩人耳目的噱头，其实是在品水味——不同的水自身也有酸、甜、苦、辣、咸、鲜六味呢！不曾想这几年由于滥用化肥农药，蔬菜的味道口感大不如前，水味就更不如从前了，如此一来，我要是再做下去，'七味王'的招牌岂不砸了？"老王头说着，又抹抹泪道："钱总，那天听您说'最难欺骗的就是自己的舌头'这句话，一下子让我觉得遇到了知音，就决定帮您再品尝一回真味。不想如今您的家乡水也被弄脏了，帮不了您喽。唉，天下之大，真味难寻啊！"

钱总面色发青，踉跄几步，喃喃道："造孽啊造孽！我……我也造了不少孽！"

没多久，钱总去世，临终之际留下两条遗嘱：一是名下企业不能再排放违章用水；二是不惜代价将家乡的化工厂收购，改造成污水处理厂，还家乡一个青山绿水。至于水质是否达标，不由环保局的专家说了算，要请老王师傅来亲口品尝——天下最难欺骗的，就是舌头！

（吞墨鱼）

（题图：陆小弟）

硬功夫

冯笑燕是一档综艺节目的编导,别看他长得身材矮小,却是个人精,印证了"浓缩的都是精华",常有好点子,做出来的节目好看有噱头。

这天,冯编导路过一条小街,看到很多人围在一起,就也上前去瞧热闹。

人群围着一个残疾男人,他只有一条腿,右手也没了。男人在表演"硬功夫",只见他拿过一块砖来,扬在空中,喊了一声"呀",砖头拍向脑门,"啪"的一下,砖头断成两截,人群里满是喝彩。

冯编导走南闯北,见识得多了,觉得男人的功夫很一般,不过,考虑到对方是残疾人,有点"励志"的味道,他便耐着性子往下看。

男人没有右手,只有一个"胳膊头",他把一块砖放在石头上,胳膊头朝下，猛地一使劲，只听一声闷响，"砰"，砖头应声断为两截。

冯编导看得目瞪口呆，这男人用的是胳膊头啊，看着都疼！更让他想不到的是，男人又抓过一块砖头，在那条断腿上，使劲一拍，"啪"，砖头又断为两截，冯编导看得鸡皮疙瘩都起来了。

男人表演完了，人们都上前递钱，冯编导给了他一张老人头，男人千恩万谢，咧着嘴憨厚地笑了。

冯编导搭讪着问道："老哥，你功夫不错啊，从小就练的吧？"男人摇了摇头，说："不是，我残疾后才练的。"冯编导倒吸一口冷气：真是太励志了！他继续问："练了多久学会的？"男人说："一个多月吧，自己瞎练的。"

三句话不离本行，冯编导瞎扯了几句，就说："我是个综艺节目编导，你有兴趣到电视台录节目吗？"

男人一咧嘴，一口大黄牙："不去，俺胆子小。"

冯编导耐心地劝他："去录节目劳务费很高，而且容易出名，到时候，你再摆摊赚钱更容易。"男人仍旧不同意，低头把碎的砖头扔到小推车上，拄着拐，拉着小推车想往前走。

冯编导不死心，心想，男人练了个把月就把硬气功练成了，说不定有啥诀窍，自己可以打探打探。想到这儿，他一把拦住男人："老哥，不参加节目就算了，不过，你可以教我硬气功啊，我给你学费，500块钱怎么样？"

男人觉得500块钱不是小数目，一咬牙，点了点头："你学会了，也别去电视台参加节目。"冯编导笑了，这男人还真有意思哟！

男人把劈砖的要领说了，说须力量与意念结合，要气运丹田。练了几次，冯编导的手掌都劈得红肿了，终于劈断一块砖头，他很兴奋——

自己也是硬汉子了。

冯编导怀揣一身"武艺"回到办公室,嚷嚷着让同事们知道自己有多爷们儿,结果劈了几次砖,手掌都快断了,也没劈开,狠狠地丢了一把人。冯编导很懊恼,决定去找残疾男人算账。

过了几天,冯编导在一个路口又看到了那个男人,他冲上去嚷嚷着要退"学费"。男人满脸憔悴,一副病怏怏的样子,说话有气无力:"钱让我看病花了,还不了你了。"

冯编导板着脸说:"学费我不要了,你跟我去电视台录节目吧,录好了,不但不要学费,还给你工钱。"男人没办法,只好重重地点了点头。

男人还想拄着拐推小车,冯编导说:"别要这车砖了,电视台可以给你准备。"男人说:"别浪费了。"冯编导没办法,叫了拖车公司,把砖头拉到电视台。

冯编导看着男人有气无力的样子,巴不得赶紧录节目,因为他这副样子更能让观众心生怜悯,更可以突出"励志"的主题。冯编导可是个老油子,知道怎样骗取观众的眼泪,他叫化妆师把男人化得更"苍老"一些。准备停当,开始录节目。

节目录得特别顺利,男人的硬气功表演得比平时还要好,"噼里啪啦",舞台上到处都是碎砖头,现场效果好极了。节目一播出,好评不断,很多热心观众打来电话,说想更深一步了解身残志坚的男人,还说要捐助他。

冯编导想,男人身上还可以挖掘更多的东西,他联系了一家网站,说要直播采访男人,让网友"零距离"了解他。开始男人不同意,但因急用钱看病,也只能勉强答应了。

网站视频直播很热闹,冯编导提前告诉男人,说越是有分量的东西、越是隐晦的东西，就越要讲出来，因为节目宗旨就是"说出你的秘密"。

直播其间，男人先表演了一段劈砖，然后说起了自己的身世。原来，男人是个打工仔，和妻子辛苦了十几年，赚下钱在老家盖了栋二层小楼，可是一天夜里，小楼突然坍了，妻子被当场砸死，自己残疾了，一个美好的家庭就这样完了。

主持人听得快哭了，原来男人身上有太多的不幸。为了更深地挖掘有价值的东西，主持人问男人："听说，最初你并不想上节目，这是为什么呢？是因为腼腆不好意思吗？"

男人脸红了，说："确实有些不好意思，不过，更重要的是……是我不想骗大家。"主持人一愣："骗大家？难道你说的不是事实？"

男人说："我说的都是事实，我确实是被楼房砸残疾的，但我的硬气功是假的。"主持人呆住了："不会吧，我在现场检查过的，是真的砖头，不是道具砖头。"

男人说："是真砖头不假，但是这些砖头比一般的砖要薄一些，而且更脆，能承受的压力也小。"

主持人一时没回过神来，半天才说："那是特意为表演做的砖头？"

男人摇了摇头："不是，这些砖头是从我倒塌的房屋里弄出来的。"

主持人听了，身子猛地一震，她很兴奋：又挖掘出更大的新闻价值了！她想，不如去房屋倒塌现场看看，获取一手资料。

节目组来到倒塌现场，看到一片狼藉，到处是劣质砖头。男人既愤慨又无奈："就是因为这些质量不好的砖头，我的好日子才被毁了。"

主持人拿起一块砖头，让镜头给了个特写，义愤填膺地说："观众朋友们，这位老哥就是因为这些黑心砖才被砸成这样，他拿这些砖头去表演硬气功也是被逼无奈，我们不应责怪他，应该谴责那个卖黑心砖的奸商!"她问男人:"你还记得那个黑心砖厂的名字吗?或许我们可以帮你去追查他们的责任!"

男人说:"笑燕砖厂。"

一句话惊得冯编导两腿发软:冯笑燕冯编导之所以现在每天吃香的喝辣的,就是因为他家有钱,他父母开着家"笑燕砖厂",昧着良心卖黑心砖,赚了大钱。

这可是现场直播啊……

(李景香)
(题图:佐 夫)

夺命狗头金

引 子

狗头金是天然形成的金块,形似狗头,一般重三四公斤。这种黄金极为罕见,而它的发现则与成吉思汗有关。

相传,当年成吉思汗率领大军西征,经过阿尔泰山的时候,发现一处山谷里松涛阵阵、流水潺潺,两岸沙滩在阳光的照射下金光灿灿,景色奇异,好似仙境。成吉思汗觉得很奇怪,便问随行国师沙滩怎么会闪光?国师告诉他阿尔泰山是产金宝地,沙滩里很可能含有沙金。

成吉思汗纵马来到河边,抓起一把砂子,果然见砂中含有金屑。成吉思汗大喜,当即命令留下一队人马开矿淘金,换取物资供应军需。

西征的队伍走后,留下的那队人马立刻大干起来,不到半个月就淘采出了一百多两黄金,大量的黄金勾起了人们内心的贪欲。队长率先中饱私囊,士兵们也纷纷效尤,有的偷、有的藏,早忘了什么支援西征。

终有一天，几个士兵发现了一块狗头金，这块硕大的金疙瘩更加激起了人们疯狂的占有欲。几个人之间的争夺很快蔓延开来，一场你死我活的残酷搏斗开始了，士兵们变成了失去人性的野兽，金色的山谷变成了血腥的战场……

一个多月后，成吉思汗见没有采金队伍的消息，便亲自率领卫队前来查看，他们一进山谷就惊呆了。只见山谷里尸骨遍地，血污狼藉，金色的河滩失去了光彩，大群秃鹫在天上盘旋，被秃鹫啄光的白骨堆里，一块硕大的狗头金闪光耀眼……

一切都明白了，人之贪欲，乃至如此啊！

粪坑里埋藏了狗头金

几百年过去了，阿尔泰山已好景不再，从前的采金人已经和当地人融合在一起，打鱼放牧种庄稼，虽然谁也没有见过狗头金，但狗头金的传说仍旧是人们茶余饭后最有味儿的话题，看到谁家有了喜事就会调侃道："看你乐的，捡到狗头金了？"

这年春天开河了，村民们又忙碌起来。村里有个叫丁山娃的小伙子和表弟王财结伴去捕鱼。他们避开村边人多的地方，走到河流上游的转弯处捕鱼，撒下网去，果然网网不空。忙到天快黑的时候，丁山娃的网不知被什么东西挂住了。他顺着网向水里摸去，摸到了一块挂住鱼网的东西，他把那东西往旁边一掀，只觉沉甸甸的颇有分量，等一鼓劲儿把那东西搬出水面，仔细一瞅，原来是一大块暗黄色的石头。

那石头的形状像个小牛头，是上面两个突起的犄角挂住了鱼网。丁山娃捧着石头犯起了嘀咕：这块石头不过小牛脑袋大小，咋这么沉啊？

难道……他脑子里突然闪出一个念头，心猛地狂跳起来。

旁边的王财看见他抱着块黄石头发呆，问了声"啥东西"，就伸手去接，却没想到会这么重，手一软，石头"扑通"掉下来砸在脚上，疼得他抱着脚丫哇哇大叫起来："哎哟哎哟，是……是狗、狗头金吧？"

这一声叫得丁山娃返了魂，他急忙脱下衣服包起黄石头，抱着就往家里飞跑。王财坐在地上揉着被砸痛的脚，揉搓了半天，等疼劲儿过了，才爬起来匆匆收了鱼网，跛着脚追到了丁山娃家。

丁山娃家里门大开着，一进屋就见丁山娃满脸沮丧地正在发呆，王财忙问："狗头金呢？"丁山娃叹了口气，指着桌上一小块黄石头说："你看吧，这就是我敲下来的一个小牛犄角，啥狗头金呀，就是块烂石头……"王财一愣："那烂石头呢？"丁山娃"唉"了一声："不小心给掉粪坑里了。"

"你……"王财刚要开口，却又把要说的话咽进肚里。这王财岁数不大，却是个人精。他心里说：丁山娃呀丁山娃，你是怕见者有份儿，想饿狗护食——要独吞吧！什么打断骨头连着筋的表兄弟，屁，你是得了宝贝就六亲不认了！王财气得一掌把小黄石头拨到地上，然后一瘸一拐地就往外走。

丁山娃哪晓得他为啥生气，还在后面嘱咐道："别在外面瞎嚷嚷，让人家听了笑话。"

哪知，丁山娃这个嘱咐倒提醒了王财：我凭啥不嚷嚷？你不仁别怪我不义，我先闹他个满城风雨，然后再来个浑水摸鱼，狗头金可不会开口说话，山里跑来的野马——谁抓到是谁的！

王财果然会呼风唤雨，他拿被砸肿的脚丫子做宣传品，不过一天，消息就传遍了全村，自然也传到了村主任邬有仁的耳朵里。

在这个村，邬有仁虽说长得小眼睛秃头不起眼，可却是个一跺脚全村乱颤的人物。他听到风声，小眼睛一眯，马上派儿子喊来了王财，看了他的脚丫子，听了他的诉说，心里立刻像钻进了一窝蚂蚁——痒得发慌。可他沉得住气，他料想丁山娃这个老实巴交的小伙子不敢目无领导，一定会主动来找他汇报的。

可是，邬有仁高估了自己的威信，他等到第二天也不见丁山娃上门。邬有仁坐不住了，再也顾不得摆架子，气呼呼地到丁山娃家兴师问罪来了。丁山娃毕躬毕敬地敬茶让座，可一问到狗头金就傻傻愣愣，说王财是财迷心窍看花了眼，那不过是块挺像小牛脑袋的黄石头，让他不小心掉进粪坑里了。

邬有仁当然不信，两眼刀子似的直逼丁山娃，丁山娃赶紧拿出一小块黄石头，说："喏，这就是我敲下来的一个小牛犄角，你看是金子吗？"邬有仁拿起来掂了掂，虽然比一般石头重些，可怎么看也不像金子。邬有仁也有些拿不准了，他警告丁山娃："小子，你听着，狐狸骗不过猎手，棕熊斗不过老虎，想想撒谎是啥下场！"说罢，揣着那块小石头走了。

邬有仁回到家里，想起王财曾在金矿打过工，便叫儿子把他招呼过来，让他好好看看那块小黄石头。王财点头哈腰地接了过来，刮下些粉末冲洗了一会儿，又一本正经地拿放大镜照了半天，才说这是块含金的富矿石，按含量估算，那块小牛头大概能提炼出五克多金子。邬有仁一听，气得破口大骂："五克？才值多少钱！你不是大嚷大叫是狗头金吗？瞎了双眼的看家狗，到处呱呱的乌鸦嘴，滚！"

王财挺高兴地滚了出来，他把这件事宣扬出来是为了浑水摸鱼，可不想有人插手竞争，现在瞒过了邬有仁最好，挨顿骂也值了。

王财根本不相信丁山娃会把狗头金扔进粪坑里，他认定丁山娃说这话是"此地无银三百两",这家伙一定是反穿皮袄进牧场——装佯(羊),把真的狗头金藏起来了。王财"嘿嘿"一阵冷笑后拿定了主意:管你使的什么障眼法,我是有鱼没鱼先撒网,先去粪坑探个虚实,你不承认捡了狗头金更好,等我把狗头金搞到手,让你偷吃肉咬坏了舌头——有嘴说不得!

当天晚上后半夜,王财扛起耙子悄悄来到丁山娃家,他侧耳听听屋里鼾声平稳,便放心地来到后院茅厕,搬开盖在粪坑上的石板,轻轻把耙子伸了下去。

粪坑只有半人多深,坑里的粪水又粘又稠,耙子一搅汩汩冒泡,熏得王财直干呕,他憋着气侧着头在坑底翻找,三耙两耙果然找到了一个东西,往上一拉很有分量,这不是狗头金是什么?

王财换了口气,憋足力气往上拉,拉到半截,耙子齿一滑又掉了下去。王财往坑边靠了靠,攒足劲儿又猛地一拉,却不防坑边又腻又滑,两脚一"哧溜","扑通"一声跌进粪坑,足足灌了一大口粪水。他拼命挣扎站起来抓住了坑沿,只觉肚子里翻江倒海,忍不住呕吐起来……

突然,丁山娃屋里的灯亮了,紧接着传来一声吆喝:"什么人?"王财一听慌了,竟猛地一蹿,爬出粪坑撒腿就跑。他满身粪水不敢回家,一溜烟儿跑到村外河边,也顾不得山上下来的水冰凉彻骨,就"扑通"跳了下去。他忍着寒冷在水里趴了好一阵子,直到确定没人追上来,这才洗去粪水,然后哆哆嗦嗦地回家了。

半夜里跑来了大棕熊

王财在粪坑闹出的动静惊醒了丁山娃,等他披上衣服冲出屋来,只看到一个逃跑的人影。他猜想这个人是冲着狗头金来的,他不想追也不想张扬,管他是谁吓跑就算了。丁山娃无可奈何地摇摇头:明明是块石头嘛,犯不上为它瞎折腾!

其实,当初丁山娃抱着石头往家里奔时,的确以为那是块狗头金,可是回家敲下来一块才发现只是块石头,他大失所望之后觉得把这么重的石头扔了也可惜,不如把它垫在粪坑边的凹地上吧。于是他就抱着石头往那凹地一扔,不料坑边上的土已经被粪水泡软,石头"咕咚"一下子滚进了粪坑里,溅了他一脸粪水。他顾不得那块石头,慌忙跑回屋里洗脸换衣服。当时觉得石头掉进粪坑也好,免得别人看了笑话,谁知道自己说了真话没人信,反倒招来了贼惦记,搅得大半夜不得安生。

丁山娃看看那一地的粪水,便知道了那家伙的下场,心里又好气又好笑。索性石板也不盖了,连那耙子也让它戳在了粪坑里,心想谁不怕吃屎就来捞!

丁山娃回到屋里又睡了个回笼觉,天一亮照旧去找王财捕鱼。他刚走进王财家的院子,就听见王财他爸在屋里骂:"……这是上天对你的惩罚!要吃手抓肉自家养羊,想抓大鲟鱼深水撒网,贪别人的东西没好下场……"老汉一见丁山娃进来,忙住了嘴,再看王财正躺在炕上哼唧,说是感冒发烧刚打了针。丁山娃看他烧得满脸通红,便安慰了几句,自己捕鱼去了。

丁山娃走后,王财他爸又絮絮叨叨地骂起来。王财后悔自己不该把这件事告诉老爸,没讨到主意反倒惹来了一顿骂,他只好蒙上脑袋装睡觉,等他爸出去了,也不顾自己正在发烧,从床上爬起来,出了家门,像贼似的躲躲闪闪来到丁山娃家的后院。他纵身跳起,扒着墙头往里一看,只见粪坑的石板没有盖上,连耙子也戳在了粪坑里。

王财的心里一下子就凉到底了：完了，丁山娃这家伙把狗头金捞走藏起来了！看来丁山娃已经猜出自己来偷过狗头金，今天他来找我捕鱼是假，看我笑话才是真的！

　　这么一想，王财气得胸闷腹胀，自己喝了粪水跳了河，瞎狗扑鸡白忙活，难道就眼看这一大笔横财飞了？看来光靠自己折腾是不行了，还是该舍出一半横财找个硬帮手。他一路走一路琢磨，寻思寻思忽生一计，立刻转身来到邬有仁家。

　　邬有仁本来就对王财憋了一肚子气，看他进来睬也不睬。王财却不在乎，开门见山地说了自己的打算。邬有仁听着听着眼睛就亮了，心里乐意嘴上不说，眯起眼来只管看房顶。王财当然明白邬有仁的意思，拍着胸脯说："我王财说出的话就是栽下的拴马桩，发了财咱们一家一半！"

　　邬有仁嘴上答应心里冒火：你小子当初说话像乌鸦，现在没了办法才说实话，张嘴就是一家一半，你这只笨棕熊算啥东西，敢跟咱家平起平坐！哼，早晚叫你知道锅是铁打的！

　　邬有仁冷冷地警告王财："就按你的主意办吧，你可给我记住，狐狸骗不过猎手，棕熊斗不过老虎，再敢跟我瞎呱呱……哼！"

　　王财连说不敢，又表白了一番才告辞出来。他其实根本没把邬有仁的警告当回事，一边走一边冷笑，老家伙总把自己当老虎，张嘴就骂人家是笨棕熊，哼！知道路数的羊才是头羊，聪明的猎狗不叫唤！

　　王财只顾闷着头走路，村民们看见他都主动打起招呼来，招呼完了就问他受伤的脚好了没有。王财知道他们真正关心的是狗头金，可自己传出的话又不好否认，便说丁山娃又去河边捕鱼了，想知道有没有狗头金自己去问。大家听了更是心里发痒眼睛发红，也都带上鱼网去河滩。

河滩上一下子热闹起来，人们都要丁山娃讲讲捞到狗头金的经过。丁山娃只好一遍一遍地解释，可人们谁也不信，转身就冷言冷语地指鸡骂狗。丁山娃心里憋屈，只好远远地躲开，可人们却像约好了一样，看他在哪儿撒网就凑上来跟着撒，搅得河水一片浑黄，眼看这鱼是打不下去了，丁山娃只好收网回家。

丁山娃可真像离了群的马，往日的伙伴一个也不见了，满肚子委屈没处可说。他闷闷地吃过了晚饭，看看天已不早，就没精打采地上炕睡觉了。

迷迷糊糊地睡到半夜，房门突然"咣咣"作响。丁山娃被惊醒了，他起来一看，只见房门正在不停地晃动，不知啥东西在外面"喀嚓喀嚓"地又推又抓挠。他吆喝一声没人答应，房门反而"咣咣"得更厉害了，他吓得心里一颤：这可不像是人的动静！

丁山娃强作镇定下了炕，摸起根棍子凑到窗前，刚要探头去看，窗上的玻璃"哗啦"一声被打碎了，随即伸进来一只毛茸茸的大爪子。哇呀，是棕熊！

丁山娃早听说这东西力大无穷，自家这木门窗可扛不住它几巴掌，眼下只有逃跑。他急忙跑到后窗，可没等打开窗子，棕熊就跟了过来，"啪"一掌又打碎了玻璃。丁山娃吓得扯开嗓子大喊救命，边叫边把今天打来的鱼往窗外扔，可是棕熊似乎对鱼并不感兴趣，又跑到前边撞起门来。

就在这时，村里响起了呼喊声，接着燃起了火把，棕熊的撞门声停了下来，丁山娃向窗外一看，一个黑乎乎的影子正往山沟里跑，他刚刚松了口气，只见不远处火光一闪，"咣"的一声枪响，那黑影子一声号叫，连滚带爬地钻进山沟里不见了。

村民们纷纷赶到，原以为是有人来偷狗头金，听丁山娃说来了棕熊，都大吃一惊。村里已有几十年没有来过棕熊了,这家伙最爱祸害人,往后村里怕是不得安生了。人们正招呼着快找村长,邬有仁气喘吁吁地跑来了,张嘴就问谁开的枪,村民们这才想起政府去年就把私枪都收缴了,谁这么大胆还敢私藏枪支?大家你看我我看你,嘀嘀咕咕地瞎猜疑起来。邬有仁怒吼道:"糊涂!藏了枪最多拘留几天,棕熊是国家保护动物,打死了要判刑的!"

人们才知道事情闹大了,一起跟着邬有仁打着火把搜寻。大家顺着棕熊逃跑的方向一路找去,最后在山沟边上发现了几滴血迹和一溜被压倒的草,看那痕迹是跑进沟里了,邬有仁松了口气:"没打死就好,散了散了,都回家去!"

邬有仁又把丁山娃喊过来:"你家在村边不安全,你收拾收拾先搬到村委会去住,明天我派人给你在村里另盖间房子。"丁山娃吃了一惊:"为了棕熊就让我搬家,我明天把门窗修结实不就行了?"

邬有仁生气了:"你怎么不知好歹呢?野兔子都知道搬家躲胡狼,命要紧还是房子要紧?再出事可别怪我不管!"丁山娃不敢再顶:"您让我收拾收拾,行不?"邬有仁哼了一下鼻子,走了。

无名火烧出了藏枪案

第二天一早,丁山娃收拾东西准备搬家。人们看见反倒说起了闲话:"啊哟,这是要搬到城里去享福呀!"丁山娃懒得理睬他们,自己忙着捆扎东西,再到王财家里去借架子车。

丁山娃匆匆来到王财家,一进门就见王老栓正愁眉苦脸地在屋里唉声叹气,王财仍是趴在炕上不住地呻吟,看来是病得更重了。丁山娃忙问出了啥事,王财说是胡狼偏咬瘸山羊,昨天屁股上又长了个大疮。丁山娃听了,说要用车拉他去医院,王财听了赶紧摇头,王老栓也说已经上过药了,养几天就好了。

丁山娃又安慰了他们几句,才说了借车搬家的事,王老栓不大情愿地带他到院里推车,一边走一边念叨:"金窝银窝不如自己的狗窝,这房可是你爸留下的呀!"丁山娃接茬说:"我也不想搬呀,这不是为了躲那个棕熊嘛。"王老栓哼了一声:"狗屁的棕熊,啥东西挨这一枪也不敢来了!"

丁山娃知道王老栓曾是远近闻名的猎手,不要说棕熊,连老虎都打过,他说的话一定没错,再说自己也实在舍不得这个家,回去把门窗搞结实些也就是了。丁山娃打定了主意,谢过王老栓就回家了。

回到家里,丁山娃正忙着把东西放回原位,邬有仁来了,一见这样就瞪起了眼:"怎么不搬了?"丁山娃点点头:"不搬了,这房子是我爹留下的,我不能对不起我爹。"

邬有仁立刻沉下脸:"好,那你把枪交出来吧!"丁山娃吓了一跳:"交啥枪?你说谁有枪?"邬有仁冷笑:"装佯!没枪你敢不搬家?那天开枪的不是你是谁?狐狸骗不过猎手,棕熊斗不过老虎,啥后果你可要想清楚!"说罢邬有仁就怒冲冲地走了。

这一下倒把丁山娃激火了:我的家我爱搬不搬,能有啥后果?就是警察来了也得讲理,别人家的拴马桩栽不到我院里!

丁山娃铁了心不搬,当天就砍了根粗木头加固了门窗,到晚上早早把门窗关上,煮了一锅鱼独自喝起酒来,一头喝一头想着最近这些不顺心的事。闷酒醉人,他喝着喝着眼皮子直打架,一头倒在炕上坠入了梦乡……

睡梦里，丁山娃又来到河边捕鱼，夏天的日头像个大火球，烤得他浑身燥热，河边的青草也被烤得冒了烟，随着热风扑面而来，呛得他一阵大咳睁开了眼：只见屋里红光闪闪浓烟笼罩，门窗被烧得"噼噼啪啪"不住爆响，妈呀，家里起火了！

丁山娃猛地跳下炕来，一边扯着嗓子大喊救火，一边把被子按进水缸里浸湿，抡起来又扑又打，可是扑了东顾不得西，火星子反被甩得到处乱飞，家具杂物也跟着烧了起来。门窗上熊熊的大火断了出路，浓烟呛得他无法呼吸，再这样下去就要葬身火海了，要活命只得拼死一搏。丁山娃拿被子蒙了脑袋，拼尽全力向门上撞去……

赶来救火的村民只听"轰隆"一声，一团火球从门里直冲出来，吓得不住倒退，待看到火球在地下乱滚才知道是人，赶紧扑上去浇灭了火，救起了浑身冒烟的丁山娃。

邬有仁也匆匆赶到了，他一头吆喝村民们救火，一头喊来村医照看丁山娃。村医检查了一番就表扬丁山娃自救得当，除了头上撞起一个大青包，手上有几处轻伤外，没啥大碍。这时火已扑灭，邬有仁在锅台上看到了半锅烧焦的鱼，便认定是丁山娃没有熄灭灶火引起了火灾。

大家正在扑打余火，忽听一阵急促的警笛声越响越近，邬有仁大发脾气："是谁报的警啊？眼里还有没有我这个村主任？想要闹得马炸群呀！"大家面面相觑：都在这里救火，没见有人报警呀！这时警车已到，邬有仁只好迎上去，向边防派出所的钦察所长介绍了情况。钦察所长听了未置可否，详细询问了丁山娃，又去现场检查。因为厨房和门窗都烧得很严重，一时很难断定起火的原因。

为了查明丁山娃是否跟人家结怨，以致引起了报复纵火，钦察所长又走访了村民，结果没访到失火原因却听说丁山娃捞到了狗头金。待他追根寻底，邬有仁的儿子邬义又揭发丁山娃私藏枪支，还发生了枪击棕熊事件。情况越来越复杂了，这些事情难道是互为因果的吗？

钦察所长决定先从狗头金查起，询问过丁山娃后又找到了王财。王财屁股上的疮还没好，趴在炕上回答了问题，钦察所长听了又找来了邬有仁，邬有仁拿出了那块小牛犄角，证实那所谓的狗头金不过是块金矿石。既然是这样，就不大可能是人为纵火了，但枪击棕熊触犯了《野生动物保护法》，私藏枪支更是严重危害治安，必须一查到底。

丁山娃当然不承认有枪，钦察所长便带人在火场内外仔细搜寻，最后在他房后的菜窖里找到了一支长筒猎枪。人证物证俱在，钦察所长决定把丁山娃带回派出所留置审查，如果检验枪支上的指纹也吻合的话，将依法对他进行处罚。

钦察所长押走丁山娃的时候，邬有仁追上来把一件羊皮袄披在了丁山娃的身上："这皮袄又能铺又能盖，还缺啥东西就给我捎个信儿。唉，小马不听老马话，离群迷路难回家。你去吧，家里的事别惦记着，我回头找人给你盖新房！"

丁山娃感动得连连道谢，含着眼泪跟警察走了。

"一咬炸"崩跑了偷金贼

丁山娃被抓走后，邬有仁马上就在村委会旁边划了块地准备给他盖房，自己带着儿子邬义拉了架子车来到丁山娃家，搬运那些能够继续使用的砖瓦木料。村民们看了无不感动，纷纷赶来帮忙。邬有仁却说人多杂乱，让大家先去忙自己的事，等盖房的时候再过来帮忙。

王财听说了村长要盖房的事就再也躺不住了，一瘸一拐地在屋里兜起了圈子，他恨透了邬有仁的歹毒，也哀叹自己做了笨棕熊。

原来，王财深信丁山娃已经把狗头金藏了起来，只是没办法找到藏匿的地点，正着急想办法，就看到他爹王老栓保存的那张棕熊皮。他跟邬有仁商定，由他先伪装棕熊去吓唬丁山娃，然后由邬有仁督促丁山娃搬家，丁山娃要搬家当然不会丢下狗头金，搬家前肯定会在夜里偷偷转移，王财再套上熊皮埋伏监视，只要选准时机，扑上去吓跑丁山娃，那狗头金也就到手了。

原以为计划万无一失，没想到第一次出马就不明不白地挨了一枪，若不是熊皮又厚又韧，只怕半个屁股都给崩飞了！王财挨了枪不敢吭声，连滚带爬地逃回家来。王老栓看了，又生气又心疼，可这种丢人的事怎么敢去医院。幸好老猎人都会对付枪伤，只是没处找麻药，王老栓只好把小刀子烧了烧，硬着头皮剔王财屁股上的铁砂，王老栓一边剔一边骂他活该，疼得他把枕头都咬烂了，那份儿罪简直不是人遭的！

事情是明摆着的，装棕熊的事只有邬有仁知道，开枪的不是邬有仁还有谁？王财受了伤就没了竞争对手，邬有仁又打起了丁山娃的主意，他先藏枪后放火，贼喊捉贼再报警，又让儿子邬义诬陷丁山娃私藏枪支，终于达到了赶走丁山娃的目的。现在邬有仁可以独吞狗头金了，他带着儿子哪里是搬什么砖瓦木料，找那块狗头金才是真的！他们白天不过是侦察探路，晚上一定会开始行动。

王财下了决心，就是豁出命也不能让邬有仁得逞，到底要看看谁是老虎谁是棕熊！到了晚上，他早早就躺在炕上装睡，盘算着夜里的行动方案，直等到王老栓睡的那间屋里熄了灯，他才轻轻爬起来，偷了几个王老栓过去用剩下的"一咬炸"。

"一咬炸"是猎人专门配制的一种炸药，受到磕碰和挤压就会爆炸，猎人们把这种炸药裹上羊肉,放在胡狼常走的小路上,胡狼一咬就会被炸烂嘴巴,猎人就能得到一张没有弹孔的狼皮,比开枪划算多了。王财今天就要拿它对付邬有仁这只恶狼,他把"一咬炸"揣在怀里,蹑手蹑脚地直奔丁山娃家。

大概是来得早了,丁山娃家的废墟上毫无动静,可王财不敢抢先去寻宝,他屁股上的伤还没好利落,一旦遇到邬有仁爷俩儿,明打明斗肯定会吃亏。他趴在旁边的树丛里耐心等待着,熬到了三星偏西还没有动静,王财的眼皮子打起架来,正琢磨自己是不是估计错了,丁山娃家的废墟里突然"哗啦"一响,来人了!

王财探出头一看,只见手电筒闪闪烁烁,两个黑影正在废墟里搜寻,不用说就是邬有仁爷俩了。他们这儿刨刨那儿挖挖,几乎是一寸一寸地仔细搜索。王财紧紧盯着他们的一举一动,看着他们搜遍了整个废墟。

看来是一无所获了,两个黑影凑到一起,嘀嘀咕咕不知说了些什么,又到粪坑边上忙活起来,不一会儿就捞出了那块小牛头,他们把小牛头用水冲了又冲,敲了又敲。只听邬义骂道:"王财这个瞎了眼的看家狗,什么狗头金,就是块烂石头!"邬有仁发了话:"管它是啥,先带回家再说!"听爹这么说,邬义抱起小牛头就要走。

是时候了,王财拿出"一咬炸",瞄了瞄,"嗖"地扔了出去。只见火光一闪,"轰"的一声在两个人脚下炸开了,惊得他们一蹦老高,"哇哇"叫着丢下小牛头就跑。王财又是一个"一咬炸"扔过去,恰好击中邬有仁的后背,"喀嚓"炸了他个大马趴。邬义急忙把邬有仁拉起来,两人跌跌撞撞地向山沟里逃去。

王财急忙跑到粪坑边上,刚要抱起那块小牛头,就见村里人已经纷纷赶来。他自己瘸着腿跑不快,往山沟跑又可能遭遇邬有仁父子,再耽误下去只会暴露。他急中生智，起脚把小牛头踢进粪坑，一骨碌又钻进了树丛，看到人们都冲进了废墟，正在里面瞎嚷嚷，他赶紧趁乱爬出来，兜个圈子回了家。

村民们都以为又是有人开枪，跑来搜遍了废墟却什么也没发现，想到山沟里搜，又害怕自己在明处人家在暗处，黑灯瞎火地挨上一枪可不划算。有人提议报警，有人说要先报告村主任，正在吵吵嚷嚷，邬义不知从哪里钻出来，拿了个炸开的纸壳大叫："别吵了，你们看，这不是开枪，是有人扔'一咬炸'！"

大家凑过来看时，又一个村民也捡到了一个炸开的纸壳，纸壳还散发着浓烈的火药味儿，摸一摸尚有余温。这事情就太怪了，谁会大半夜跑到这里放炮玩？村民们议论纷纷，这几天发生在丁山娃家里的怪事太多了，尤其是那块狗头金，起先传得活灵活现，后来又说是块矿石，可丁山娃家却来了棕熊起了大火，今天又突然响起了"一咬炸"，莫非就是那块石头作怪？有人便说那一定是块"招灾石"，提议找到那块怪石，远远地把它扔进山里去，别让它闹得全村不得安宁。

大家正要找那块"招灾石"，忽听一声大喝，邬有仁出现在大家面前："胡闹！搞啥子封建迷信！"他一嗓子吼过，又突然"哎哟"一声扶着腰。邬义赶忙上前扶住他，一边给他揉腰一边说："累得我爹的腰疼病都犯了，大伙儿别瞎折腾了，有话明天再说吧！"村民们一时也没主意，就各自打着火把回家了。

狗头金变成了招灾石

王财正在家里幸灾乐祸，王老栓回来了。王老栓是被爆炸声惊醒的，他起来就不见了王财,赶到丁山娃家看到了"一咬炸",立刻猜到这是儿子干的。回到家一查看,果然少了几个"一咬炸",气得他狠狠给了王财一个耳光:"你还是不死心呀!记得成吉思汗采金队的故事吗?人为财死鸟为食亡,我看你是不见棺材不掉泪!"

王老栓把大门上了锁,骂了句:"再敢出去我打断你的狗腿!"就气呼呼地回屋去了。

王财才不在乎一个耳光,他看人们回了家,村里渐渐恢复了平静,心里又骚动起来。他等的就是这个时机,邬有仁他们受了这一惊,至少今天不敢再出来了,正好趁这个时候去把狗头金捞回来,好好看看它到底是矿石还是真金。

估计离天亮还有一段时间,看看王老栓那屋里没了动静,王财悄悄地爬起来,从房后的围墙翻了出去。

王财又来到丁山娃家的废墟上,发现那粪坑里的耙子还在,就立刻挽起袖子动了手。他把耙子伸进坑里,第一下就勾住了那块狗头金。吃过亏就长了记性,他怕再次滑进坑里,就摆正了姿势,要把脚下踩实。正要使劲,忽听一阵急促的脚步声,猛回头就见两个黑影手持大棒冲了过来,看来者不善,王财顾不得什么狗头金,丢下耙子便逃。两个黑影早有准备,抢上来一左一右截断了他的退路。王财眼见逃跑无望,慌忙抄起耙子准备抵挡,两个黑影一步步逼过来,王财一步步后退,眼看退到了粪坑边上。

王财急了:"站住!再过来我就喊人了!"只听对面那人冷笑:"嘿嘿,果然是你这个笨棕熊,你喊吧,我们是来抓贼的!"王财也听出了是邬有仁,马上反唇相讥:"贼喊捉贼,怎么刚才的'一咬炸'没把你崩死!"

邬有仁大怒,大棒子"呜"的一声砸下来,王财急忙举耙一挡,耙子"喀嚓"一声断成两截，左手的耙子杆飞了出去，右手里只剩下个耙子头。王财又急又慌，猛地把耙子头向邬有仁砸去，邬有仁"哇"的一声抱着脑袋栽倒，王财同时听到身后一声大吼，后脑勺上挨了重重一击，一个倒栽葱跌进了粪坑。

邬义把王财打进粪坑后，急忙扑到一动不动的邬有仁身上，只见耙子的尖齿已经深深钉进了邬有仁的脑袋里，再一摸胸口也没了心跳，眼见是死定了，他大叫一声"爸呀"，就哇哇大哭起来……

哭喊的声音再次惊起了村民，第一个赶到的是王老栓。他听到哭喊声急忙爬起来，一看屋里又不见了王财，便一路飞奔赶到丁山娃家的废墟，正看到邬义抱着邬有仁哇哇大哭，再看邬有仁脑袋上血淋淋地钉着耙子，一时也吓呆了，直到村民们围上来才想起了王财。他一把揪起邬义："快说！王财在哪儿？"邬义猛然醒悟，哆哆嗦嗦地指了指粪坑，王老栓"哎呀"一声，纵身跳了下去。

在村民的帮助下，王财被捞了出来。人们一边抢救一边报警，钦察所长接到报警后带着急救车飞速赶到。医生立刻进行了检查，邬有仁脑浆外溢当即丧命，王财被击昏后栽进粪坑窒息死亡。

一阵忙乱过后，村民们这才注意到跟钦察所长一起来的还有丁山娃，原来经过痕迹比对，猎枪上的指纹不是丁山娃的，因为证据不足，就要放了他，本打算天亮让他回家，不想他家又出了大事，正好把他带回来一起调查。

这次调查没费什么事，邬义很快交代了事情的始末：邬有仁和王财都觊觎那块狗头金，又是装棕熊吓唬又是放火藏枪陷害，两个人都想独吞狗头金，暗中争斗也步步升级。邬有仁开枪打了王财的屁股，王财拿"一咬炸"崩了邬有仁的腰。王财满以为崩跑了邬有仁就可以放心大胆地捞狗头金,但老奸巨猾的邬有仁早料到了他的企图,原是打算埋伏起来狠狠教训王财一顿,没想到动起手来就没了分寸,最终酿成了这场惨祸……

人群里响起了一片唏嘘声,两条人命呀!王老栓老年丧子痛不欲生,邬有仁的老伴哭得死去活来,邬义也被戴上了手铐。大家都把目光投向了丁山娃,就是他捡来了那块"招灾石"!

面对乡亲们责备的目光,丁山娃心里一阵阵刺痛,他万万没想到一块烂石头会惹出这么大的祸,早知道会有这个结果,不如当初……钦察所长拍拍他的肩膀:"事情已经发生,难过也没用,快让你那块'狗头金'见见天日吧!"

大家帮丁山娃捞出了那块小牛头,一桶水浇下去,眼前是一块已经被粪水侵蚀得满是裂纹的黄石头,钦察所长对大家说:"看看吧,这就是你们说的狗头金!"

哭得老泪横流的王老栓大吼一声:"狗头金!你这夺人命的狗头金!"他疯了一样地扑上去,抱起黄石头拼命向粪坑里扔去,不想石头太重,"砰"地砸在盖粪坑的石板上,"喀嚓"一声四分五裂,碎石里突现一块狗头大的金疙瘩!

真的是狗头金呀!所有的人都惊呆了,眼睛一眨不眨地瞪着那块耀眼的金疙瘩。钦察所长第一个清醒过来,摇着头感叹不已:"谁想到石头里会包着金疙瘩呀!"他看着丁山娃说:"肚子里的马驹见天了,你说怎么处理吧。"

丁山娃没多犹豫就抱起狗头金,郑重地捧给钦察所长:"请你替我献给国家!"钦察所长也郑重地接过来:"政府会按规定给你奖励的。"丁山娃摇摇头:"这份奖励我不能要。"他看着地下两具蒙着白布的尸体叹了口气,说:"拿这些钱救济他们两家吧!"

天快亮了,远处的阿尔泰山已隐约可见,大家都没说话仍在默默肃立。人们想起了成吉思汗采金队争夺狗头金的故事,过去说起来都把它当个笑话,谁也没想到它竟会在今天重演!

人们看着两具蒙着白布的尸体,还有那块闪光耀眼的金疙瘩,不禁想:它到底是狗头金还是招灾石?

(邱　耕)
(题图:杨宏富)

痴人·奇遇记

chiren qiyuji

爬上高高的迷宫墙,笑看那些人儿忙成一团找出口。小心啊,小心别也跌到了迷宫里头……

半夜惊叫

柴虎是一位打工仔，住在一个简陋的出租屋。这天夜里，他已经睡得很熟了，却猛地被"啊"的一声惊醒，他坐起来警觉地竖起耳朵，但四周一片寂静。他怀疑自己是在做梦，就又躺了下来。

可是他头刚挨着枕头，又是一声刺耳的"啊"声传来，柴虎"腾"地又坐了起来。

柴虎心脏不好，又有神经衰弱的毛病，睡觉时被吵醒就再难入睡了。看看表，才两点多，他胡思乱想躺了好几个小时也没睡着。

由于没休息好，第二天干活的时候，柴虎总想打盹，所以，天一黑他就早早睡下了，不料昨夜的事又重演了一遍，柴虎睡不着了，瞪着眼睛直到天亮。

就这样，一连持续许多天，柴虎眼圈都黑了。

柴虎听得出来，那叫声是从他东边相邻的屋子里传来的，而且经过观察，他发现那屋住的是一对年轻夫妇，还有一个出生不久的孩子。柴虎实在憋不住了，这天一大早，他就来到东屋。正好两口子都在家，柴虎拐弯抹角说起夜里发生的事。

那抱孩子的女人听了，解释道：她和丈夫都是来这里打工的，孩子才几个月大，由于放灯的地方离床有点距离，为了夜里冲奶方便，丈夫大孙就买了一个台灯，是声控的，售货员示范时一拍巴掌就亮，再拍巴掌灯就灭了。

没想到买回家后，一拍巴掌，那台灯却"无动于衷"，只有加大声音力度才能见效，所以每天夜里喂奶时才"啊"的大叫一声打开灯，喂完奶再叫一声"啊"关灯。

原来是这么回事！

柴虎脑筋急转弯，一个想法冒了出来。他说自己以前在灯具厂工作过，可以帮忙修理台灯。

大孙一听可高兴了，马上找来螺丝刀等工具。柴虎装模作样鼓捣了一会儿，最后两手一摊，遗憾地说："零件坏了需要更换，只有找商店联系厂家去修理了。"末了，他还说这种声控的灯不耐用，最好换成其他类型的。

大孙有些失望，只好把台灯收了起来。

柴虎回到屋里一个劲偷着乐，原以为这下夜里可以睡个安稳觉了，不料半夜里他又被叫声惊醒了，还是东屋传来的，而且，这次不是只叫一声就完了，而是一直不停地叫，一直叫了十几分钟才停下来。每叫一声，柴虎的心就加剧跳动一下，他甚至感觉到自己的心都快要跳到嗓子外了。

直闹了十多分钟那屋才静下来。不用说，柴虎这一夜又没睡着。

柴虎起床后就去东屋问个究竟。大孙告诉他，这灯买的是处理品不能更换。经柴虎一修理，这灯毛病更大了，有声音时它才亮，声音一停它就罢工，所以，要不停地出声才能让它不灭。大孙媳妇说："就凑合用吧，在被窝里叫几声，总比下床去开灯、关灯省事呀。"

这真是聪明反被聪明误呀，而且，柴虎现在还不好再跟大孙说实情，要不然，大孙不要自己赔灯才怪呢! 看来只有哑巴吃黄连了。

大孙抱歉地说："我不能陪你聊了。夜里叫了那么多声，嗓子有点哑了，我去药店买盒清嗓子的药，半夜还得叫。"说着要走。

"慢，你等等，"柴虎拦住大孙，他苦着个脸，憋了大半天才对大孙说，"你去药店顺便给我捎点安眠药来吧!"

(刘六良)

(题图：李加史琦)

别惹老头

牛大成是一家汽车经销店的老板,这天一早,他刚开店门,就看到门口台阶上坐着一个老头,这老头穿得脏兮兮的,台阶下还停着一辆三轮车,装着一车废品。牛大成一看就皱起了眉头,他走过去用脚尖踢了踢老头,说:"大清早的你坐在我店门口干什么?去,去,去!一边歇着去……"

这老头是个捡破烂的,正在这里歇脚,见牛大成开门了,正打算离开,听到牛大成这样数落他,有些不开心了,就说:"年轻人,你开门做生意,图的是和气生财,说话咋就那么难听呢?"

牛大成不耐烦了:"你也不看看我店里卖的是什么?放心!我什么时

候也做不了你的生意,也用不着跟你图和气,快走,快走!"

老头看了看店里的情形,说:"哦,原来是干大买卖的,怪不得这么牛气。"

牛大成用鼻孔"哼"了一声。

突然,老头大腿一拍,说:"瞧,我真是老糊涂了!我出来干啥的?我是来买汽车的啊!你这不是在卖吗?得,我不跑别家店,就在你店里买了!"说完,起身就往店里走,牛大成急了,连忙伸手拦住老头,说:"就你这样,你也想买车?"

老头把头一昂,问:"咋啦?你看不起我老汉?我一直想买辆两三万的皮卡运货,你凭什么说我买不起?"

说着,走到台阶下,从车上拎下来一个蛇皮袋,往牛大成跟前一放,说:"钱都在这里,你要不要先点点?"

牛大成拎拎袋子,沉沉的,分量不轻,他半信半疑,让老头进了店。

老头背着手在店里走了几个来回,边走边不停地点点头,对牛大成说:"这几辆轻型车都有哪些不同?有啥特色?哪个省油?你给我介绍介绍吧!"

牛大成看着老头一副一本正经的样子,就耐着性子把几种不同型号的车给老头做了介绍。老头听得很用心,听完了用手一指旁边的一辆车,说:"我觉得这辆车蛮合适的,就是它了!"

牛大成真没想到老头说买就买,硬是吓了一跳,说:"大爷,您还真有眼力,这辆车是咱们国家自己生产的,经济实用,只要两万九,您是刷卡,还是付现金?"

老头指指蛇皮袋,说:"我不刷卡,我付现金。"

牛大成打开蛇皮袋,一下子傻眼了,结结巴巴地问:"这——您这是什么钱?"

老头呵呵一笑,说:"你不会连人民币都不认识吧?"

牛大成当然知道袋子里装的是人民币,但这人民币也太不一般了:全是零钞不说,还硬币纸币全有,除了一元的,还有一角、五角的,扒开细细看,还发现不少一分两分的。

老头又笑笑,说:"我本来是想先到银行转成大钞,再花出去的。既然到这里了,就省了这道手续吧。昨天电视上都说了,任何地方都不能拒收零钱,你这儿也得收吧?"

牛大成看这老头这么能说,如果不收弄不好老头会把事情搞大,再说,也是笔两三万的生意,当下把心一横,对老头说:"收,是钱我们就收!"他把那袋零钞往地上"呼啦"一倒,喊来店里一位员工,自己也亲自上阵,和那位员工把那堆零钞归在一块儿,先按硬币和纸币分成两类,然后又按不同的币值,分成了好几堆,然后一五一十地点起来,两个人从早上开始,一直忙到华灯初上,连中午饭都没顾上吃,总算把那堆小山似的零钱点完了。

牛大成抹了一把额头上的汗,说:"大爷,您这袋钱共计是两万四千一百四十一块七毛六,还差好几千块。"

老头一听这话,惊讶得瞪大了眼睛,大声地问:"不够?你们没有数错吧?"

牛大成生怕老头让他重点一遍,赶紧斩钉截铁地说:"我们数的时候您都看到了,绝对错不了!"

老头一听这话就愣了,呆了一会,蹲下身子,就把那堆零钞往蛇皮袋里装,不一会儿就装好了,紧接着,老头站起身,脸上露出无限失望的表情,说:"唉,钱不够就没办法了,等哪天我攒够了钱再来买吧!老板,你等我一年半载，没准我会再来买你的车……"

说完，老头拎起大半袋子零钱，重新放回三轮车上，骑上车，嘴里得意地哼着小曲，扬长而去。

牛大成看着老头的背影，张大的嘴巴老半天也合不拢……

（梅纪国）
（题图：谭海彦）

斗鞭

老田最近去农家乐玩了几天,学会了一种新的晨练方式:甩鞭。这种新鲜的锻炼方式很快在小区里流行开来,老田和几个老伙计自从迷上甩鞭,便把什么散步、打太极抛到了九霄云外。你看,甩鞭子多有气势啊,振臂一挥,长鞭呼啸升空,犹如长龙出涧,然后迅疾一拉,"啪"——不亚于晴天霹雳,响亮干脆,再趁势吼上一嗓子,更是气势磅礴,威风八面。

每天天刚亮,老田他们就来到小区的花坛边,"噼里啪啦"地练上了。时间长了,他们还练出了花样,什么"双响炮"、"连环雷"、"爬山顶",直看得路人啧啧称奇,老田他们的自信也一路"噌噌"往上蹿,谁要是偶尔抛来个不屑的眼神,老田都想截住他问一问究竟。

这不,这几天有个老太太就惹得他们很不高兴,这个老太太一身土气，一看就是刚从农村来的，大概是来帮着带孙子的。她路过这里的时候，往往要停下来看一会，然后不停地摇头叹气，那不屑的眼神让老田他们心里直冒火：如果是个农村老头，说不定早年当过车把式，甩过鞭子，还有资格摇头，她一个老太太，凑什么热闹！

这天，当老太太再一次摇头准备离开时，老田拦住了她："大妹子，问一声，你也甩过鞭子吧？"

"我一个老太婆，甩过什么鞭子？只是——"老太太语气一转说道，"我家老头子是个车把式，年轻时我乘车的次数多，他赶累了也让我拿拿鞭子。"

老田接着问道："那你甩鞭子的技术一定很高超了？"

老太太忙摆手："你这话太抬举我了，能赶着牲口走就行了，没啥技术。"

老田居高临下地追问道："大妹子说的不是心里话吧？我看你天天摇头，傻子都知道是啥意思，都说乡下人没有花花肠子，有啥就直说了吧。"

老太太挺了挺腰："其实我也是老菠菜叶直筒子，说句不怕得罪你们的话，要论甩鞭子，在我们村里我上不了台面，可和你们比，那真还不是差一里二里的事，要说从北京差到南京吧，有点远；要说从北京差到郑州，这千八百里的距离还是有的。"

这话还真狂妄，被一个老太太这样羞辱，叫几个大老爷们的脸往哪里搁？老田气得七窍生烟，把手中的鞭子一扬："说大话谁都会，有真本事拿来练一练，也让老哥几个开开眼！"

老太太推开了他的鞭子，说："我们用的都是自己拧的鞭子，你们这金贵鞭子我还真使不上手。"

"您别是上嘴唇挨天、下嘴唇挨地——只剩下嘴了吧?"有人恼火了,不论高低地说。

老太太毫不在意地笑笑,不急不恼地说:"你们好歹容我回去编了鞭子,明天咱们在这里见面,都亮一亮自己的招,怎么样?"

老田他们毫不犹豫地答应下来,等老太太走后,老田他们又在一起商量了好几套应对的方法,就不信明天赢不了她。

第二天,老田他们早早就来到了花坛旁,可是左等右等,老太太就是不出现。想去找她,又不知道她住哪栋楼。

老田开玩笑道:"莫不是她大话吹过头,怕丢丑,连夜回老家去了?"

就在大家准备离开的时候,老太太一颠一颠地跑过来,抱歉地说,孙子没睡好,一个劲地哭闹,好不容易才把他哄睡了。

大家一看她手里的鞭子,不由笑出了声,那是什么鞭子呀?就是一根二尺长的小木棍,一头绑了一根尼龙绳,和老田他们质地精良、装饰考究、几百元一根的鞭子比起来,简直就是弹弓对导弹。

老田他们早等不及了,迫不及待地就要开始,老太太却不慌不忙地说,好歹这也是比赛,输赢总得有个说道。

"那你先说,你输了打算怎么办?"有人问。

"我要是输了,给你们赔礼道歉,还要天天来给你们喝彩捧场。"老太太看来早已想好了。

"我们要是输了,把鞭子全扔到垃圾堆里,再也不在这里甩了!"老田接口道。是啊,如果真输给这老太婆,还有什么脸面在这里露丑!

老太太顿时来了精神:"好,各位邻居作证,都不许反悔!"

今天是星期天,来看热闹的人还真不少,里里外外围了好几层,大家纷纷点头答应。

老田大喝一声:"哥儿个振作精神,先来个'惊天动地'!"

几个老头排成整齐的一行,一起用力挥舞长鞭,只听"啪"的一声巨响,那响声真是惊天动地,前排观看的孩子们一个个都捂住了耳朵。

"雷公出巡!"老田又是一声大喊,大家挨个甩起鞭巴,噼啪声接连响起,绵延不绝,好似滚雷阵阵,声传天际。

"好!"有人叫好,掌声四起。

老田兴致勃发,指挥大家,把拿手好戏都亮了出来,"满天星"刚甩完,"虎啸狮吼"就登场,新招迭出,花样翻新。好大一会儿,他们才停下来,老田擦擦头上的汗,得意地说道:"大妹子,该你出手了。"

老太太学着他们的样子,把手中的鞭子挥向天空,可是竟然没有发出一点声音,有几次鞭子还缠到了自己身上,惹得大伙一阵笑。老田故意扯开嗓子道:"大妹子,说过的话可不能不算数啊,还是回去好好收拾一下,准备当我们的拉拉队吧!"

老太太嘟囔道:"这鞭没有鞭梢,甩不出声,是个哑巴!这不争气的东西,我还是罚它给大伙捡垃圾吧。"

老太太话音刚落,也没有看到她用多大劲,那根尼龙绳鞭子突然迅速飞了出去,缠住了花丛里的一个废弃塑料袋,老太太手一带,鞭子卷着塑料袋,准确地飞到花坛边的垃圾筒里。紧接着,老太太"嗖嗖"几下,地上的几张纸片也被老太太送进了垃圾筒。

这一手一露,惹得四周看热闹的掌声雷动。

老田不服气:"这招我也会!"他看到花坛里一棵小树上挂着个方便面袋,就挥鞭抡过去。不料鞭子没有打中袋子,却打在树枝上,"嗡"的一声,腾起一团黄烟。

"马蜂!"有人惊叫一声,还没等大家明白过来,马蜂已经发疯似的向大家冲来。看热闹的人中,老人孩子居多,跑又跑不快,这要是大批马蜂追过来,那还得了!

就在大家蒙头捂眼准备转身逃跑的当口,忽然,大家觉得"嗡嗡"声没有了,再看地上,已经落了一层死马蜂,个别没死的还在蠕动。

大家目瞪口呆,只见老太太神情自若,抚摩着鞭子说:"这可比山里的马蜂好打多了!"

老田清醒过来,把自己的鞭子往老太太跟前一扔:"鞭子你收起来吧,我……再也不在这儿丢人了。"接着,其他几个老头也垂头丧气地扔下了鞭子。

老太太没去拾鞭子,她松了一口气,道:"这下我那孙子早上总算能睡个好觉了。"

老太太这么一说,人群中也有人附和道:"是啊,我儿子天天加夜班,早上又被你们的鞭子声吵醒,睡不好觉,都快成神经衰弱了。"

老田他们越发惭愧,他们每天起得早,鞭子甩得跟炸雷似的,确实有人给他们提过意见,但都被老田他们给顶了回去:几个老人锻炼身体,谁管得着!

老太太凑到老田身边,小声说:"老哥,趁今天我也壮胆说你们几句,咱老了,大家都尊重咱,咱也不能凡事只顾自己不是?也要为年轻人想一想,锻炼身体是好事,打搅别人休息就不对了。"

老田涨红了脸,嘴唇动了几下,没说出话来,只是连连点头。

老太太把鞭子拾起来,一一递到他们手中:"鞭子该甩还得甩,我啊,给你们想了个好地方!"

老田问道:"哪里?"

"我老家呀,离这里也不远,我那老头子,赶了一辈子车,不是我夸他,他甩鞭子的技术，那可是数一数二的。现在我也出来了，他自个儿在家，闲得看蚂蚁上树。要是有几个人跟他去抡鞭子，他还不高兴得蹦起来啊！我们那里地多人少，山清水秀，在山坡上尽管抡开膀子，再吼上几嗓子，可比这里痛快多了。"老太太越说越兴奋，"我这就去给他打电话，叫他接你们，你们一定要去啊！"

老田他们异口同声地回答："我们明天就去！"

（郭　选）
（题图：魏忠善）

服务过位

老张这天特别背,先是在单位和领导吵了几句,回家又被老婆唠叨,他一气之下,摔门出去了,想干脆去饭店喝二两小酒,消消闷,解解愁,花点钱,图个清净。

老张一进饭馆的门,漂亮的女服务员立刻迎上来说:"您好,先生。"老张不想搭理,没有吭声,没想到又往前走了两步,就看到走廊里站着四五个女服务员,每走到一个服务员跟前,都会听到一声"您好"。老张心里烦躁得很,回了句:"我不好。"可那一群小姐一点不恼,仍然笑嘻嘻地问好。老张刚走到大厅的桌边想入坐,一个更漂亮的女服务员过来问:"先生,您是在雅座,还是在大厅?"

"就在这里。"他随便拉了一把椅子坐下。

"您是吃套餐还是点菜?"

"用不着什么套餐,我只要盘花生米和拌三丝。"

"主食要什么?这里有包子,有水饺,有花卷……"

"随便。"

"我们没有随便这道主食。"

"你烦不烦?我随便吃点就可以了。"

"那您想喝点什么,是白酒还是啤酒?"

"喝白酒。"

"白酒要什么,是高档、中档还是低档的?"

老张的心里腾腾地起火,他来饭店是想清净清净,结果被服务员问个没完没了的,他强压着火:"你看我这样,还能喝高档、中档的酒吗?"

"那么低档的酒要哪种,我们这有……""本地大曲。"

"本地大曲,有高度的、有低度的,您要哪种?""你随便。"

"对不起,我们有规定不可擅自替客人选择。"

老张受不了了,猛地一敲桌子:"你烦不烦!"

女服务员继续微笑说:"如果我们服务不到位,请多提宝贵意见。"

"你们服务不是不到位,而是过分到位,让我快受不了了。"

"先生您别发火,我们这里有规定,对客人要服务到位,你要的菜,是大盘、小盘还是中盘?"

"我要的是走!"老张真的急了,站起来就往门口走。站门口的那排迎宾小姐,一个个又机械地喊着:"您走好,欢迎下次光临。""我不好,我走不好。"老张心里那个气啊,真不知道哪里才是个清净地。

(老　纯)

(题图:魏忠善)

孤 品

这几年，收藏热席卷大江南北。登州有个叫那鸣的人，家里有个祖传下来的花瓶，他越看越像宝贝，就专程带着花瓶跑到北京，找了一个专家鉴定。鉴定结果竟然是官窑烧出来的，相当珍贵。

那鸣最关心的是值多少钱。

专家说："如果是孤品的话，肯定价值连城；如果不是，价格就会打些折扣。"那鸣不明白，请教道："什么叫孤品？"专家告诉他："所谓孤品，就是世上仅此一件的藏品，所以才奇货可居，要多少钱都不为过。你的这只花瓶很可能是孤品，因为至今尚未发现相同的藏品。"

那鸣听了，心中一沉。因为他心里清楚，这只花瓶并不是孤品，在他弟弟家里，还有一只一模一样的花瓶。当年，父亲给弟兄俩分家，不偏不向，祖传的两只花瓶，两人一人一只。但眼下的那鸣是绝不肯把底细说出去的，一口咬定，从未见过第二只。

京城有位收藏家，听说这事后，找到那鸣，愿出五十万元的高价，购买这只花瓶。那鸣虽然心动，却没有答应。他觉得，对方既然愿意出五十万，那这个花瓶的价值肯定不止五十万。他试探地问收藏家："这是你能出的最高价吗？"收藏家沉思了一下，说："目前，五十万的价格已经很公道了，因为很难说，将来会不会出现一只跟这个一模一样的花瓶。"

那鸣一听，顿时明白了：他是担心这只花瓶不是孤品啊。看来，要想卖更高的价，得让这只花瓶成为孤品。

那鸣心中就萌生了一个主意，他借口回去跟家人商量，让收藏家等几天再说，然后匆匆忙忙返回老家，一脚跨进弟弟的家门。

那鸣的弟弟是个老粗，一贯大大咧咧。那鸣进门后，只字不提花瓶的事，故作关心地问候了一番后，两只眼睛便四处搜寻了起来。只见花瓶跟暖瓶、茶壶等放在一起，随随便便地摆在桌子上，里面插了一支塑料花，看来弟弟他并不知道这只花瓶是宝贝。

那鸣顿时心花怒放：不但花瓶在，而且弟弟还不把它当一回事。看来，只要花点小钱，把弟弟的花瓶买到手，然后毁掉，这样自己的花瓶就成了孤品了。那鸣正想走过去，拿起花瓶与弟弟说话，可那迈开的腿突然缩了回来，张开的嘴又闭了起来：弟弟见到自己要买这只花瓶，必然会起疑心，万一猜出这花瓶不一般，那就麻烦了。再说，弟媳可不一般，再来个火上浇油，狮子大开口地漫天要价，事情非弄僵不可。也许是他们的父母把弟弟的机灵都给了那鸣，那鸣眼珠一转，办法有了。只见他拿起茶杯，佯装去拿暖瓶倒水，顺势用暖瓶的瓶底轻轻一碰花瓶，花瓶就倒在桌面上，那鸣一手拿着茶杯，一手拿着暖瓶，故作惊慌的样子，眼看着花瓶骨碌碌滚了几下，掉到地上，"啪"，碎了，瓶底也摔破了。

弟媳有些不高兴，将那支塑料花捡起来，埋怨说："哥，你咋不小心点?这花可没地儿插了。"

弟弟训斥她道:"咱哥又不是故意的,一个旧花瓶,你叽歪个啥?"那鸣故作歉疚地说:"这样吧,回头我去市场给你们去买只花瓶。"

几天后,那鸣买了只新的花瓶送了过来,看上去很鲜亮,弟弟不但不埋怨,还不停地夸那鸣办事认真。

第二天,那鸣就带着孤品,兴冲冲地赶到北京,找到那位收藏家,说:"现在我可以保证,这花瓶是孤品了。"收藏家很奇怪:"你怎么知道的?"那鸣得意地说:"因为另一只跟这个一模一样的花瓶,昨天已经碎了。"收藏家闻听,脸色当即就变了:"你还有一只与它一模一样的花瓶?"

那鸣说:"是呀,不过,那只花瓶现在不存在了。现在,我这花瓶绝对是孤品,你再给一个价格吧。"

收藏家失声问:"那只花瓶是你砸碎的?"收藏家从那鸣脸上看到了答案,倒吸一口凉气,心疼得眼圈都红了,他长叹一声,说:"现在,这花瓶我只能出二十万了。"

"什么?"那鸣跳起来,跺着脚,"你别诳我,怎么比原来还要少?"

收藏家连连摇头:"你呀,是聪明反被聪明误啊!你这只花瓶,是鸳鸯瓶,本来是一对的,如果能配齐,至少值二百万。我之所以肯出五十万,就是希望有朝一日能找到另一只花瓶,配成对。现在另一只既然已经毁了,没成对的希望了,所以只能值二十万了。"

那鸣的眼顿时直了,脑中一晕,差点摔倒。清醒过来后,他眼泪都流出来了,喃喃道:"不可能的,是你在骗我!"收藏家说:"你可以到处去打听打听,如果谁出的价格高于二十万,你尽可以卖给他。"

那鸣心有不甘,他四处寻找买家。此时,他打碎另一只花瓶的消息已经传开,果然没人出的价格高于二十万。最后不得已,他只好回头找到那个收藏家,以二十万出了手。

那鸣回到老家,他本来以为此事神不知鬼不觉,万万没想到消息已经在家乡传开了。顿时,他成了所有人耻笑的对象,大家都笑他见利忘义,最后却搬起石头砸了自己的脚。

那鸣见伎俩败露,羞得躲在家里。他整天提心吊胆,怕弟弟一家上门找他算账。奇怪的是,弟弟吃了这么大的亏,竟然一直没来找他。

一个月后,弟弟终于上门找他来了,但不是兴师问罪,而是来向他表示感谢。原来,弟弟听说花瓶的事后,就带着扔在旮旯里的那几片破碎的瓷片,请修复专家将花瓶进行了修复,思量着多少也能卖几个钱。不想,修复成功没几天,消息就传出去了,那位先前购得那鸣花瓶的收藏家主动找到他,说即使修复的,他也想买。

那鸣问:"他出了多少钱?"

"人家说,本来值一百万的,因为是修复的,所以打了折扣。"

"到底多少?""三十万。"

那鸣呆了:这怎么可能?要知道,自己的好花瓶才卖了二十万,这个碎片拼起来的,竟然能卖三十万?

弟弟又说:"人家还说,贵是贵了点,但配成对平均下来就不贵了,虽然一个好一个破,但因为配成了鸳鸯瓶,加起来的价值要比单个高多了。"

弟弟看了看那鸣,笑着说:"哥,算起来,我还是占了你的便宜呢。"

那鸣一听,血压陡地升高,两眼一翻,登时晕了过去。

(黄春生)
(题图:谭海彦)

李大贵"跳龙门"

李大贵是九堡村喝酒的头号种子,别看他个头小、肚子瘪,酒量却大得惊人。村里人说他:一斤白酒没有味,两斤三斤无所谓,四斤五斤不到位。他站着喝,坐着喝,躺着也喝,连下地干活,腰间也缠着一只酒葫芦,是个地地道道的瘾君子。

李大贵原本也不喝酒,高中毕业后连续两年参加高考,都差2分名落孙山,村头张瞎子给他算了一卦,说他此生注定与大学无缘,从此便借酒消愁,渐渐染上酗酒恶习,与那杯中之物结下了不解之缘,酒量扶摇直上。

这一天,李大贵正在家把盏独饮,酒友李天贵急冲冲从门外跑来说:"哥们,好消息,乡政府贴出启事,公开选聘一名乡长助理,而且是顶县人事局正式招干名额。你高中毕业,条件正合适,赶紧去试一试吧!"

李大贵一听有"跳龙门"的机会,高兴得一蹦老高,大喊一声:"天助我也!"说着就爬上一辆过路的拖拉机朝乡政府赶去。

真是功夫不负有心人,李大贵按照招聘程序,在短短的个把月时间里,通过报名、政审、笔试、面试、考核等五关,力挫全乡93名竞争对手,一举夺魁。这一天,一辆黑色面包车在村头停了下来,乡政府胡乡长亲自登门将大红聘书送到他手里,并交代说:"抓紧十几天把手头上的事儿处理一下,就去上班。"

李大贵被聘为乡长助理,一下子成了村子里的新闻人物,前来贺喜的人络绎不绝,有的说:"乡长助理,一年农转非,三年转录用,干得好提副乡长,前途无量!真是李家有风水呀!"有的说:"咱们村自解放以来,在乡政府连个扫地看大门的都没有,现在总算'朝'中有人,今后好办事了,这是咱们全村的光荣啊……"

听了这一句句赞美的话,李大贵高兴得合不拢嘴,他哪里等得了十天八天,第二天买一串鞭炮在屋檐下一放,就打好背包赶去上班了。

也许是高兴过度,李大贵路过村头,见张瞎子倚门独坐,心头一热就跑去问卦。张瞎子把手一招,说:"此去凶多吉少,古人云'命若穷,掘得黄金化作铜。'跳龙门哪有那么容易呀!"

俗话说:无病不看医,没事别问神。李大贵刚才还是好端端的一个人,从张瞎子家出来,就像丢了魂似的,总感到不踏实。他心里寻思:怎么个凶多吉少?自己历史清白,偷摸扒窃一样坏事没干过,要说缺点,就是喝酒名声臭一些,难道这个胡乡长也知道……看来,问题在酒。乡长助理是乡长的参谋助手,靠舞文弄墨耍笔杆吃饭的,一定是自己被酒熏昏了头,不能胜此大任了……

李大贵正想着,忽抬头,看见迎面一个人走来,不禁大吃一惊。

谁?李天贵。李天贵是他的铁哥们,村里喝酒的二号种子,跟他一样,不安于一辈子与泥土打交道,都想跳龙门。在他参加助理面试的头一天,李天贵想千方设百计,通过城里一个亲戚介绍到深圳一家外资企业打工了,怎么才去十几天又卷着铺盖回来了呢?

大贵感到不对,上前问道:"天贵,这是怎么回事?"

李天贵见是大贵,长叹一口气,说:"咳!别提,上班偷喝两次这玩意儿,被老板逮到,给炒鱿鱼了。唉!没想到,这玩意儿,可给它害苦了!"说着天贵拍了拍腰间那个酒葫芦。

李大贵一听,浑身立即起了一层鸡皮疙瘩,原来祸根果然在酒。他是个聪明人,哪里还敢白白送去被人炒鱿鱼,于是掉转了头,决心回家把酒戒了再去上班。

再说李大贵嗜酒成性,已经到了酒饭不分家的地步了,短短几天怎么有办法把酒戒了呢?他便找酒友李天贵商量。李天贵搜肠刮肚,想了老半天,最后一拍后脑勺说:"我倒想起一个办法,就是不知道你能不能吃得了这个苦?"李大贵眼睛一亮,说:"快说,有啥办法?只要把酒戒了,别说吃一点苦,就是上刀山,下火海,我也在所不辞!"

天贵说:"我大舅吃'大食堂'那回,与人打赌吃了七斤半的草鱼,结果大吐一次,从此闻到鱼腥味都害怕,连煮鱼的锅没刷干净,再煮青菜他都不吃。我想,用同样的道理,以酒戒酒,以毒攻毒,何愁戒不了酒?"

"啊呀!你怎么不早说!"李大贵高兴得一蹦三尺高。

于是,一场人酒之战开始了。李大贵从朋友家要来一大坛地瓜烧,这是当地用地瓜丝土制的一种烈性白酒,酒精度很高,一般的酒能喝一斤,这种酒只能喝半斤。

李大贵一口气喝了两大碗,却没动静;喝了四碗,脸色才渐渐变红,喝到第六碗,只见他脸色变得铁青,眼眶翻滚着眼泪,豆大的汗珠直往外冒，不一会儿，"哗——"终于吐了。他刚吐完，还没喘口气，又咬咬牙舀了一碗酒灌下，把头伸进塑料桶，闻一闻吐出来的脏物，又"哗——"吐了。

就这样，李大贵喝了吐，吐了喝，站着顶不住就躺下喝，躺着顶不住就喝一两口预先备好的人参汤。第一天下来，果然大有成效，闻到酒味就害怕了；到了第二天，看到酒都想吐；坚持到第三天，只要脑海里一闪现酒，就呕个不停。

俗话说得好：只要功夫深，铁杵磨成针。就这么三天时间，李大贵与酒彻底诀别了。现在别说喝酒，只要一闻到酒就反胃、发呕。三天下来，他人像被削去了一圈，但酒葫芦一扔就像卸了大包袱，感到格外轻松，心想：这下好了，到了新岗位，有个清醒的脑子，可以好好学一学真本领，干一番事业。李大贵在家休息了一天，就揣着大红聘书，叫天贵提着行李，一路欢欣雀跃向乡政府奔去。

来到乡政府，已时近中午，在乡通信员的带领下，他们在一家饭店找到了胡乡长。

胡乡长此时正陪一桌客人吃饭，他见李大贵提前赶到非常高兴，向客人介绍："这是我们乡新招聘的乡长助理，有文化、又年轻，是百里挑一的人才哇！"说着，把李大贵往身旁的一个空位一按，说："今天也可算作洗尘酒，今后咱们是同一个战壕的战友了，你可别客气呀！"一句话说得李大贵心里暖洋洋、热烘烘的。

李大贵屁股还没挨着凳子，桌对面就有一个"八字胡"端来一杯酒说："噢，李助理，幸会，幸会。来！我借胡乡长的酒先敬你一杯！"

李大贵望着那杯清澈透明的白酒，心里想：要是平常，非喝个痛快不可，可是今天，自己却没那个口福。因为一股酒气冲来，熏得李大贵直反胃,他头一低,把手一拱说:"不行,不行!我已戒酒了,还是由送我来的朋友天贵代劳吧!"说着把那杯酒端给了李天贵。

李天贵闻到那股浓郁的酒香,早就吞口水了,见那杯酒端来,也不多话,忙接过手,喝了个底朝天。

"八字胡"见了,哪里会服气,说:"不行,不行!代酒起码得喝双倍!"

李天贵喝了那杯酒,正嫌杯子小,不过瘾,听了这话,正中下怀,把嘴一撇,说:"别说两倍,喝三倍总成吧!"说着又趁机抢喝了两杯。

哪有这样喝酒的?"八字胡"一看火了,指着李天贵说:"别充好汉,要代就代到底,都按一比三的比例!"

李天贵就怕没酒喝,拍着胸说:"当然代到底,我只怕你们坚持不到底哩!"桌上的六七个客人一听这话,都憋不住气了,纷纷把矛头对准了李天贵,想来个轮番轰炸,把他灌醉。

李天贵以一当十,有敬必喝,连战了几个回合,应付自如,反而把七八个客人灌得晕晕乎乎的。"八字胡"见硬拼不行,赶忙说:"硬干算什么,要真有本事,跟我玩儿拳!"李天贵正愁喝闷酒不够味,把袖子一挽,说:"猜拳,谁怕谁?按同样的比例,我输了喝三杯,你们输了喝一杯,而且抢三码我让你两码!""八字胡"听了这话,那个气呀简直没法说,把胳膊一捋,跳到凳子上,"五呀,八呀"地喊开了。

这一战竟杀到太阳西斜,桌下的酒瓶一瓶瓶跑到桌上,桌上的客人一个个躺到桌下,人与瓶完全调换了位置,"八字胡"这下子输得心服口服。

李大贵怕天贵搅出事来,多次劝他无效,只好和胡乡长坐山观虎斗。望着地毯上东倒西歪的醉汉们,李大贵第一次尝到清醒者的快慰。他暗自庆幸自己把酒给戒了。

胡乡长送走客人,把大贵、天贵带到了办公室,各倒了一杯茶,问道:"你俩到底谁更能喝?"

李大贵以为胡乡长知道了他的底细,带着几分惭愧,说:"原先村里人把我摆老一,天贵摆老二,不过现在我已戒了,保证今后滴酒不沾,好好工作。""滴酒不沾?"胡乡长不可思议地瞪大了双眼。

"说来你不信,我是猛喝猛吐三天,才把这酒给戒了,戒得苦哇!现在好了,别说喝酒,就是闻到酒也发呕。"李大贵十分得意地解释着,盼着胡乡长夸他两句。谁知,胡乡长不但没有半句赞词,反而无可奈何地摇了摇头,从他手中讨回聘书,拧出钢笔,对李天贵嘀咕道:"你叫李天贵,对吧?"说着,在聘书上"刷"画了一笔。李大贵感到不对劲,就朝聘书一瞥,发现"李大贵"已改成"李天贵",脑袋"嗡"地像挨了雷劈,忙问道:"这是什么意思?"

胡乡长呷了一口茶,长叹一口气说:"我要的就是这个,谁叫你自作多情,把它给废了。"胡乡长说着,做了一个干杯动作。

李大贵一听傻了眼,原来胡乡长正是看中了他的酒量。胡乡长在乡政府应酬太多,胃给酒折腾坏了,这次他名义上要招聘一名乡长助理,实际上要的是一名陪酒员,什么报名、考试,那都是场面上的事。

李大贵明白了这一切后,"哇"的一声,朝一家饭店冲去,他想重新恢复酒量。来到饭店,从货架上拿来一瓶白酒,咬开瓶盖就喝,可是酒刚入口,"哗"的一声,连中午吃的老底都吐了个精光,他的酒量怕是再也回不来了。

(谢元清)

(题图:施其畏)

少了同一个字

小江马上要大学毕业了。这天，他突发奇想，将床单拆下，拿出彩笔在上面写道：哥要走了，妹子勿念！写完后，他将床单挂在窗户上，想引起对面宿舍楼里女生的注意。

不料，没过多久，对面的一个窗台上竟然也挂出了一条床单，床单上也写了一句话：不曾见面，何来挂念！

小江一看，顿时兴奋起来，他想了想，翻出第二条床单，写上了一句打油诗：如果不把哥来看，学妹终生要抱憾！

过了片刻，对面的窗台上又挂出了一条床单，上面没有写字，只有一个大大的问号。

小江笑了，看来学妹很想知道原因，那我就好好解释给你听。于是，他又在第三张床单上写道：因为哥是高富帅，花见花开人人爱！

挂出去后，小江开始满怀期待地等着对方的答复。时间一分一秒地过去了，始终不见对方的动静。小江正垂头丧气地准备离开窗台时，对方终于挂出了第三条床单，上面回了十个字：长江东逝水，不尽长江来。

小江看得一头雾水，左思右想，也想不出个所以然来，只得向一个中文系的室友求助。那室友看了看，古怪地笑了笑，对小江说："这十个字是将两句古诗词硬凑到一起的，而且每一句都少了两个字，而少的这四个字恰恰是同一个字。"

小江一脸疑惑地问："哪两句诗？少了哪个字？"

室友忍不住'哈哈'大笑道："这两句诗分别是'滚滚长江东逝水'和'不尽长江滚滚来'。所以，少的这四个字都是同一个字——'滚'！"

（陈　均）
（题图：包丰一）

失踪者的结局

洛克医生已经失踪三个星期了,警方到处搜寻他的线索,却没有丝毫结果。没有人能料到,此时的洛克医生,正悠闲地坐在商业大厦里看着报纸。不过他现在的身份已经不是洛克医生了,而是藏书店老板威廉·德勒。

实际上,早在杀死妻子之前,他就预先以威廉·德勒的身份在商业大厦里租下了这间小店。商业大厦是一座城中城:餐馆、洗衣店、杂货店等应有尽有。所以三个星期以来,他一直没有离开这里。慢慢地,这里的人们也习惯了他的存在。

三个星期以来,虽然他也在这里遇到过几个熟人,但是他巧妙的化装技术骗过了所有人的眼睛。被自己谋杀的妻子已被安葬,人们已不再关注这桩谋杀案了,报纸上甚至说警方猜测洛克医生可能也被谋杀了。

看到这里,他得意地把这份可笑的报纸扔到一边,起身去玛丽小姐的店里喝咖啡。

玛丽小姐在这层楼上开了家古玩店,她是个漂亮的女人。看到洛克医生的到来,玛丽小姐热情地打招呼:"嘿,我正想着你该来了呢!"

洛克医生回应道:"是你和咖啡的香味把我吸引来的。"他的目光扫了一遍这个熟悉的房间,落在了拐角处的那套盔甲和一个西班牙风格的大箱子上,这两件古董是玛丽小姐的最爱。玛丽小姐说:"唉,可惜没有人能买得起它们!"洛克医生笑着说:"如果哪一天我发了,一定买下你这两件宝贝。"

玛丽小姐一边泡咖啡,一边说:"最近报纸上关于那个医生的报道越来越少了,我开始觉得他也被害了。"

和所有人一样,他们也经常讨论失踪了的洛克医生。开始的时候,玛丽小姐相信洛克医生是与某个漂亮女人勾搭上了,然后杀了自己的妻子,此刻正在世界上的某个地方偷欢。

而洛克医生则坚持己见:"你别太浪漫了,我的美人!我认为医生的尸体正由河里漂向墨西哥湾的某个地方。听说警方在河岸上找到了他的丝巾呢!"

玛丽小姐递给他一杯咖啡:"不管怎么说,警方似乎停止搜寻了。"

洛克医生喝了一口,赞不绝口:"你的咖啡味道可真不错!玛丽小姐,这个月,你还打算外出吗?"

玛丽小姐点点头,深情地望着他说:"马上!明天我就去纽约,我还想参加伦敦的展览会,然后去巴黎、罗马、瑞士。威廉,一想到你会在这里帮我照看这些东西,我就可以放心地走了。我把店门钥匙留给你,怎么样?"

洛克医生痛快地点点头，说："没问题，一直到你回来。"说完，他起身离开了。

洛克医生轻松地哼着小调，朝自己的书店走去。突然，他注意到，书店对面的一间办公室走出来一个人，正快步向他走来。那人正是劳伦斯警官——洛克医生的亲姐夫。

洛克医生的第一反应是立刻转身回到玛丽小姐的古玩店去，不过最后他还是决定直面这个人。他的乔装改扮已经骗过了许多人，现在自己是书店老板威廉先生，原来的洛克医生早已剃去了小胡子，褐色的隐形眼镜改变了原来的蓝色眼睛。

稍作迟疑后，洛克医生从口袋里掏出一支雪茄，他反复了好几次才点燃雪茄。他们彼此离对方越来越近了，互相盯着对方。劳伦斯快步向电梯走去，而洛克医生却慌慌张张地朝书店走去。他假装轻松地走着，却忍不住偷偷地瞟了一眼走廊，此刻劳伦斯也正回头看呢！

洛克医生费了好大劲儿才打开书店的门，正要关上，却看见对面的办公室门上写着一行字：杰克逊律师事务所。下面还有更为重要的字眼——调查。

洛克医生一夜都没睡好，直到第二天早晨，他才恢复平静。然而，几个小时后，他在大厅里买烟时，意想不到的事情发生了。

一位穿着考究的女人牵着一条狗，向宠物理发店走来。天哪，她不就是自己的老病号海德太太吗？一点也没错，还有她的那条卷毛狗！洛克医生的心脏简直要停止跳动了。

那条卷毛狗认出他来了，欢快地叫了一声，冲向洛克医生。洛克医生下意识地躲开了卷毛狗，假惺惺地拉了拉它的耳朵，换了一种声音说："可爱的小家伙，一定是认错人了。"海德太太抱歉地点了点头，拉着它走开了。

连海德太太和自己的亲姐夫都没能认出自己来,那还有什么可担心的呢?但洛克医生很清楚,这种猫捉老鼠的游戏不能继续进行下去,他必须尽快离开这个国家。

过了几天,杰克逊律师突然到访,这令洛克医生始料不及。杰克逊律师彬彬有礼地说:"我叫杰克逊,就住您对门。我对藏书特别有兴趣,不介意我四处看看吧?"

洛克医生慌乱地从椅子上站起来,蹭掉了桌上的书,他热情地握住杰克逊律师的手:"很高兴认识您。"杰克逊律师说:"我只是想和您认识一下,等有空的时候,我再来拜访您。"说完,他便向门口走去。

又是虚惊一场,洛克医生想,再这样下去,自己将无法镇静,必然会引起怀疑。正当他打算立刻逃离这里的时候,玛丽小姐从巴黎发来电报:"已到巴黎,周五晚电话。"今天是周四,无论如何,洛克医生都得等她的电话,不能立刻逃走。

读完电报,洛克医生来到玛丽小姐的古玩店,转了一圈,他又像往常一样,把目光停留在那两件古董上。他看着那只巨大的西班牙箱子,一个念头在心中闪动起来——紧急时刻,这倒是个藏身的好地方。

当天傍晚,洛克医生惊讶地发现,自己的照片又被登在了报上,仍旧是洛克医生那张熟悉的脸,留着漂亮的小胡子——谋杀案发生前,他就是这个样子。这篇报道竟然说,洛克医生已经被西雅图的一个巡警抓住了。洛克医生长长地松了口气,把一切担心都抛到了脑后。

但好景不长,那个讨厌的杰克逊律师又来了,他热情地说:"我带来几个朋友,他们想认识您一下。"

洛克医生暗自嘀咕:自己的预感是对的,看来该死的姐夫和律师就是冲着自己来的，来就来吧！他知道自己该怎么做！洛克医生真诚地说："我可以为你们效劳吗？"

杰克逊律师面带微笑："这是劳伦斯和里普警官，我的朋友，从总部来的。希望您不会感到突然。"

洛克医生勉强地笑了笑，说："欢迎，先生们。请坐！"他自己坐在办公桌旁，顺手把桌上的一个信封写上地址，起身说："我有一封重要的信要寄，去去就来！"里普警官礼貌地说："请便，我们等您回来。"

洛克医生急急地跑到玛丽小姐的古玩店，走廊里空无一人，他马上关上古玩店的门，这才松了口气，心想：他们一定会搜寻这幢大厦的每一个房间。他的目光再次停在了那只西班牙风格的大箱子上，他对自己说："躲进去！"

这箱子敞开着，洛克医生蜷着身子钻了进去。他把重重的箱盖慢慢地放下来，只留了一条小小的缝隙来透气。这时，他听到走廊里有隐隐约约的脚步声，急忙关上了箱盖。只听"咔哒"一声，箱子里顿时一片漆黑，安静得令人窒息。

二十分钟后，洛克医生听见了里普警官的声音："那家伙干吗去了？咱们还有六十张球票要卖呢！"

接着是杰克逊律师的声音："哦，把票交给我，我保证你们能拿到钱，威廉先生可是个大好人，他一定会买的。"随后，他们便离开了。

原来，警官们正急于脱手一场义赛的球票，看来他们是想向洛克医生推销球票。又是虚惊一场！洛克医生松了口气，他这才发现，无论自己怎样试图打开箱盖，都无济于事。完了，箱子已经被牢牢地锁住了！他绝望地闭上了眼睛……

商业大厦的书店老板威廉·德勒失踪了。一时间，这件事在大厦里引起了一场不小的骚动,但是几天以后,便没人再关注这件事了。

一个月以后,玛丽小姐从欧洲回来了,看到自己的古玩店被威廉先生照顾得好好的,玛丽小姐很是欣慰。但是听说威廉先生失踪了,玛丽小姐有点失落。突然,她注意到,那个巨大的西班牙古董箱被某个笨蛋在关箱盖的时候,不小心给自动锁上了。于是,她翻出钥匙……

当玛丽小姐掀起箱盖时,一声惊恐的尖叫响彻了整座大厦。

(温　荣)

(题图:佐　夫)

实话实说

小赵是个热情的小伙子，虽然刚参加工作，但不论在什么场合，都是腿勤嘴快，待人热忱，而且不说虚话。

元旦前夕，学校里老师聚餐，小赵又搬椅子又端盘子，忙得满头大汗。聚餐一开始，小赵就抢先端起酒杯，对同桌的一位老教师说："王老，再过几天您就六十了吧？今天您无论如何也得先干两杯。"王老微笑着推却说："还是大家一起喝，一起喝。"

其实王老平时心脏不太好，小赵刚来不清楚，这种场合王老又不便多解释。小赵依然热情地对王老说："王老，您跟我们不一样，我们今后吃吃喝喝的机会有的是，您可是吃一顿少一顿啦……"

王老一听这话，脸上立时罩上了一层阴云，看看在座的人，然后把目光转向一边。小赵一看王老端起酒杯又放下了,还有人冲他使眼色,急忙解释道:"王老,我这是真心实意地敬您一杯。我们虽然接触时间不长,但您给我的帮助,我永世不忘。喝一杯吧,要不以后再也喝不着了……"

话音刚落,就见王老脸色苍白,推开椅子就要走。在座的人一时都愣住了,小赵眼疾手快,一个箭步冲过去,拦住王老说:"王老,您脸色不好,是不是身体不舒服?您尽管直说,不要有顾虑——我父母都是医院的头儿,我打个电话,您就是晚期癌症他们也会尽力救治的!"

这时,众人都围了过来。有个青年教师气呼呼地对小赵说:"你少说两句吧,该干吗就干吗去!"

小赵一听,撒腿就跑。没过一会儿,就听由远至近传来"呜哇——呜哇——"的鸣笛声,紧接着,一辆乳白色的救护车呼啸着开到学校门口……原来是小赵叫的车,他还从自己宿舍替王老拿来了被子、枕头等用品,大伙儿全愣住了!

(李 鲁)

(题图:李 加)

司机的梦

郝聪明原是新山县中医院的司机，六年前调到县委小车班，给县委书记梁人文开车。新山人戏称：领导的司机，领导的知己，只要握住了一把手的小车方向盘，等于坐上了"升发号"宇宙飞船。这"升发号"指的是升官发财。为什么这么说呢？原来，在新山有一条不成文的规矩，县里的一把手只要是提拔升迁了，都会把他们的司机安排到效益不错、油水不少，待遇不薄的单位担任二把手。不过，郝聪明有他的小九九，他做梦都想当一把手。

也是想瞌睡就来了枕头，就在外面流传梁人文要上调到省里的时候，县中医院的院长遇车祸成了植物人。郝聪明见机会来了，就直接找到了梁人文。

梁人文听说郝聪明要当中医院院长，有些为难地说："这可不太好办呀，前几任的司机不都是二把手嘛，搞特殊化常委会上怕不好通过呀。"

郝聪明胸有成竹，说："梁书记，不是我有意给您出难题，我当中医院院长应该说条件具备，理由充分。第一，我是从中医院出来的，再回原单位，名正言顺；第二，中医院是副科级单位，副科级的一把手与正科级单位的二把手是黄鳝水蛇一般齐，职级都一样；第三，我有中医大学的本科文凭，学的又是中医药剂专业。"

梁人文听到这里，顿时来了兴趣："哦，你还是中医大学的本科生？那怎么安排你开车哩？"

郝聪明连忙解释说："我父亲是县汽修厂的厂长，我小时候就会开车。到中医院后，老院长对我十分赏识，有意要把我培养成复合型人才，所以让我先给他开车。梁书记，只要您让我干，我一定不给您脸上抹黑！"郝聪明说着从包里拿出一个大信封，放在茶几上。

梁人文扯开一看是一万元钱，当即脸就拉了下来，十分严肃地说："小郝呀，你也给我搞这个名堂？赶紧给我收起来！不然的话，你还想到中医院当院长？恐怕副院长也当不成！"

几个月后，梁人文被安排到中央党校学习一年。郝聪明在梁人文离开新山县之前，也顺利地当上了县中医院的一把手。

新官上任三把火。郝聪明上任三把火还没来得及烧起来，这天，梁人文从北京打来电话，说他的老母亲不小心扭伤了腰，他听人介绍有一个祖传单方，就是把100克黄金碾成粉，与糯米饭拌在一起热敷，据说效果特别好。梁人文学习没结束不能回来，于是就想请郝聪明帮忙。

见梁书记如此信任自己，郝聪明心里激动啊，他拍着胸脯对着话筒直喊："梁书记，您放一百二十个心，这事儿就包在我身上了！"

放下电话，郝聪明立即跑到珠宝行，精心挑了100克黄金，亲眼看着老师傅打磨成粉，然后又到超市买了上等糯米，马不停蹄赶到梁人文家。

梁人文的夫人是省城一所著名重点中学的校长,因为工作脱不了手,一直没有调过来,家里只有梁人文的老母亲和一个老保姆。郝聪明二话不说,挽起袖子亲自动手,把糯米又仔仔细细拣了一遍,淘洗,蒸煮,待火候适中的时候就把黄金粉拌进去,一切都搞得妥妥帖帖了,才轻轻敷到老人的腰上。

当晚,梁人文的电话就来了,着实把郝聪明夸了一通。梁人文说:"小郝啊,你这是在替我尽儿子的孝心啊,我真要好好谢谢你,药钱你就从我工资里扣吧!"

"梁书记,您跟我还客气什么呀!"郝聪明一听梁书记把自己比做老人的儿子,激动得声音都发抖了,"梁书记,钱的事儿您就别管了,一副药能有多少钱?我来!"

郝聪明话是说得很响,可心里到底痛的啊:100克黄金哪里是小数目,自己半年的工资全贴上去还不够。但郝聪明是个聪明人,他明白这代价花得值:梁人文能到中央党校学习,这就表明他马上还会升迁,到时候,他吃肉,我再差点骨头啃啃总行吧?

过了一个星期,梁人文的电话又来了,说这方子既然是人家祖传的,他想索性给他老母亲敷上一个疗程,让郝聪明再给买1000克黄金。

郝聪明一听傻了眼:1000克黄金,那可得十几万啊,自己到哪儿去弄这笔钱?不由心里骂开了娘:你这个黑良心的,用黄金粉敷腰,还什么祖传秘方,狗屁,全是蒙着眼睛哄鼻子,变着法儿敲老子。真是不得好死!

骂归骂,不过郝聪明骂过后还是冷静下来了,他知道这号人得罪不起。也罢,你敢开口要,我就想法给,把你伺候好了我也得利。于是郝聪明就打着梁书记的旗号,到处浑水摸鱼,趁着单位盖大楼,竟让他搞到二十万元钱,不但把事儿摆平了,自己还额外捞了几万元。

上任才三个多月,就被梁人文弄去了十几万,尽管是公款,郝聪明心里还是酸溜溜的,于是他便开始了花样翻新的"捞钱战争",仅到日本考察订购医疗设备,一次性就向日方厂商索贿人民币50万。

俗话说,要想人不知,除非己莫为,久做必有犯,伸手必被捉。半年后,郝聪明东窗事发,被县纪委双规了。在双规期间,郝聪明为了争取立功,从宽处理,便主动交待了梁人文先后两次向他索要黄金1100克的情况。

县纪委看了郝聪明的检举交代,认为此事非同小可,立即向省纪委报告。

省纪委很快组成了专案组开展调查。经过几个月的反复调查取证后,得出的结论是:郝聪明购买1100克黄金属实,但检举梁人文索贿黄金失实。责成新山县纪委追查郝聪明的1100克黄金的去向,深挖郝聪明的受贿行贿问题。

这天,县纪委办案的负责同志来找郝聪明,向他宣布了省纪委的调查结果:"郝聪明,梁人文岳母扭伤了腰的事完全属实,这有医生的临床诊断和X光底片证明。梁人文两次给你打电话的事也完全属实,只是他要的,不是金银珠宝的'金',而是一味名叫'黄精'的中药。'黄金'与'黄精',粗听一个音。专案组查阅了大量的医史文献,得知黄精是治疗五劳七伤的要药,名列中华六十二味补养药之七。关于用黄精加熟糯米热敷腰伤的秘方问题,省专案组先后请教了十几位在国内外享有盛誉的中医药专家,专家们都认为此方确是中华医学的优秀传统秘方,《本草纲目》和《中华中医药典》上都有记载。"

郝聪明像是在听天方夜谭,眼睛眨巴眨巴,怎么也反应不过来。

县纪委的同志不解地问道:"郝聪明,你是中医大学的本科生,学的又是中医药剂学,对名列中华补养中药第七位的黄精会一无所知?"

郝聪明张着嘴,瞪着眼,结结巴巴地说:"我……我……我那张文凭是……是花钱买来的。"

(韩进林)
(题图:王申生)

为快乐埋单

星期五一早,牛总突发奇想,把公司各部门的主管带去爬市郊的小东山,说是最近工作太累了,请大家去吃一顿山里人家的饭,放松放松。难得牛总兴致这么高,大伙也都乐得休息。

一帮人就这么顺着山里的小路往上走,觉得肚子饿了的时候,恰好看到了一户人家。一个老太太正在院子里喂鸡,老太太看到来了几个生人,以为又来了什么收费的,忙说自己没钱,等她弄清楚这伙人是来吃饭的,倒有些受宠若惊起来,说她的菜地里什么菜都有,可以随便吃。

牛总兴致很高,冲着秘书吕姑娘说:"弄几个新鲜的蔬菜,再来个土鸡,多给老太太点钱吧,让她帮咱做好。"

吕姑娘看中了那只大公鸡,可投资部的老熊说那公鸡没阉,不是"太监"不好吃,最好是买公鸡的那只"妃子"。吕姑娘白了他一眼,可还是去看那只母鸡了。

这回轮到老太太不肯了,挡在母鸡前面直摆手,说什么也不卖。

财务部的老汤向吕姑娘伸出一个手指说:"价格杠杆!"然后回过头亲自跟老太太算起了账:"土鸡在城里是六元一斤,我知道这是只下蛋的母鸡,出七元一斤,怎么样?"可老太太根本不听他算,直摇头。

老熊凑过去说:"没用的,不是钱的问题,现在山里人比你还会算,你要是说想买谁家的一个喂鸡用的碗,他马上就当成宝了,给多少钱都可能嫌少。恐怕是人家认准了咱要买这只鸡,才说什么都不卖了。"

牛总可能觉得挺有意思,说了句:"我到那边歇一会儿,你们看着办吧。"然后他就到屋门口的小凳子上坐了下来,远远地看着。

这么一来,老汤有点事在必得了,总不能在牛总面前丢人吧。他不服气地说:"各位,今天这只鸡算我请客。"然后他又去和老太婆算一笔新账:这只鸡还能下一年的蛋,算一百五十个,一个三毛,是四十五元,这只鸡算四斤,二十四元,加上蛋钱就是六十九元,凑个整数,我付你七十元,你省了一年的饲料,倒赚了一年的蛋钱,怎么样?老太太愣了,没想一只母鸡能卖七十元,那只鸡已经进窝下蛋去了,她想了想,点点头说:"我去抓鸡。"

老汤扭过头来得意地说:"这就叫价格杠杆,没有撬不动的货!"就这么一句话的工夫,老太太回来了,可手里没有鸡,她又说不卖了。

形势这样逆转,老熊兴奋地叫了一声:"好大的'杠杆'啊,能撬动地球!"大家跟着笑起来,老汤损了面子,又看到牛总坐在那边正边看边笑,赶紧换了个话题说:"这就是山里人的观念,观念不改变,山里人富不起来。"

老熊要显显他的本事,向大家使了个眼色,又伸出三个手指头,说:

"还是我的买鸡盆原理更有普遍性。"

大伙明白他是要其他人都走开,假装不想买了,他能用三十块钱买下来。可是等大家真的走开了,老太太也没有再叫他们来买的意思,而是心安理得地喂鸡去了。

这回轮到牛总乐了,开玩笑地说:"你们连只鸡都谈不下来,还怎么谈生意?"老熊和老汤都很尴尬,老汤还是不服气,说:"能用钱买的东西怎么会买不来?价格太低,不符合市场规律,价格太高,也不符合市场规律,把老太太吓到了,怕不真给钱,我把钱先给她,她一准儿答应。"说着他转身回去,掏出一百块钱,压低声音说:"大妈您给我个面子,我和领导一起来的,这钱你先拿着,等会儿我再给你一百,还不行吗?"

老太太的眼睛在鸡和钱之间来回穿梭,汗都出来了,最后她一跺脚说:"这又不是金鸡,哪值这么多钱!我、我不是嫌钱少,这只鸡跟我过熟了,我每天给它喂食,听它叫着下蛋,然后再走去捡个热乎乎的鸡蛋,是个乐趣。孩子都到城里去了,就它在家又唱又跳地陪我,我一听它下蛋的声音就高兴,卖了鸡,我哪找这乐去,日子本来就够冷清了……"

老汤听了,赶紧跑回去笑呵呵地对大家说了老太太的意思,然后不好意思地说:"我说嘛,能用钱买的东西怎么会买不来?这不能用钱买的,我就没办法了,为快乐埋单,我可付不起。"

(宋清海)

(题图:彭　坤)

系腰带的学问

王先生身高不足一米七,体重却有一百五十多公斤,尤其他那个大肚子,活像一个大大的棉花包,走起路来上下左右乱颤,人见人笑。

由于肚子大,系皮带自然成了王先生的一大难事,系在肚脐上面,人闷气;系在肚脐下面,裤子又拖脚;系在肚脐中间更难受,不是朝下滑就是皮带不够长,让王先生吃尽了苦头。这天,他要拜访一位重要的客人,为表示郑重,特意换上了一身新衣服,将衬衣扎在了裤子里,使劲把裤腰往上提了提,把刚买的那条"卡其尔"名牌皮带露了出来。

王先生知道要访的那位客人平时喜欢喝两口,于是便信步来到一家烟酒门市部,指着柜台内的五粮液不放心地问道:"小同志,你们这酒是从哪儿进货的,不会是假的吧?"

售货员看上去二十岁刚出头，一听这"假"字可就恼了，他转过身来正想狠狠训斥王先生几句，谁知一看他这副打扮愣了一下，急忙掀开柜台挡板，一溜烟似的跑进了经理办公室。不大会儿，就见从里面呼啦啦地冲出一群人来，一个个笑容可掬地将王先生让进了经理办公室，又是上茶又是敬烟，左一声"首长"，右一声"领导"，直把王先生喊得晕头转向。他急忙解释道："我只是想问问这酒是不是假的，没别的意思，你们这是干什么呀？"

　　为首一人提着两瓶包装好的五粮液，恭恭敬敬地对王先生说："欢迎领导来我店指导工作，我店是连续三年的先进单位，绝不会出售伪劣商品，请领导不要轻信传言，这两瓶酒您拿回去尝尝，绝对不假！"

　　听那人这么一讲，王先生放下心来，随手接过酒，问："好，我就信你们一回，算算钱吧？"那人急忙摆手道："两瓶小酒算个啥，您拿回去喝就是了，能不能把您的名片留下一张，等您喝完了我再给您送去？"

　　王先生这才明白是对方认错了人，他不想诈人家两瓶酒，二话没说，放下五粮液便夺门而去，急走几步后，感到腰带系得喘不过气来，便松掉裤扣，将皮带系在肚下，挽起裤脚又走进了另一家商店问道："五粮液咋卖的？"

　　售货员抬头打量了他一下，伸出一个手掌说："保质保量五百块一瓶。"

　　"啊？"王先生大吃一惊："哪有这么贵的价？你们宰得也忒狠了点儿吧！"

　　"哟，五百块钱对您这有钱人来说算什么呀，还不够吃顿便饭、泡回澡堂子的呢！"

　　王先生这下可奇怪了："你怎么知道我是有钱人，我脸上又没画记号？"

"我会看相,"那售货员"嘻嘻"一笑,指着王先生的腰说,"日子富不富,看看您的肚,腰带低过肚脐眼,不是老板是大款。"

王先生听了又好气又好笑,懒得与他争辩,扭头离去,他这回吸取了前两次教训,把腰带端端正正系在了腰正中,大摇大摆地又走进了商店,指着柜台上的五粮液说:"喂,来两瓶。"

售货员随手拿来两瓶酒,可转过身来,上下打量了一眼,半天才撇撇嘴,说:"这酒贵得很呀!"

王先生这才明白:"敢情这腰带系到哪儿,也有学问呀,系在肚脐眼上面是领导;系在肚脐眼下面是老板、是大款;系在肚脐眼,可就成了平头老百姓了!"

(申之珉)

(题图:李 加)

想象

那年夏天,小黄到大王乡去执行采购任务,先坐车后步行,等走到大王乡已经热得汗流浃背,嗓子眼里都冒烟了,他看到桥下的河里有人在玩水,心想反正这里地偏人少,就脱光了衣服跳下河去,一来歇歇脚,二来可以在水里凉快凉快。

正在这时候,忽听有人一声喊:"来人了!"不用说,这"人"当然是指女人了。小黄赶紧学着水里其他人的样子,把身子没入水中,只露一个头在外面。他抬头一看,果然有个穿花褂子的中年女人,胳膊上挎着一个竹篮子,正朝桥这边走过来。

如果是别的女人,看到小黄他们这副样子在水里,早吓跑了。可这个女人厉害,看到水里人都只露着个头盯着她,先是一愣,突然就生起气来,说:"你们这些人怎么一点规矩也没有,竟然敢在这里耍流氓?你们没看到过女人是不是?那好,我今天让你们看个够……"说着,竟大模大样地在桥头上坐下来,喉咙还越来越响。

小黄心里急了:自己有任务在身呢,得想办法把她支走,好赶快上岸。他想对女人说几句好话,还没张口,水里有个光头已经抢先朝那女人喊起来:"大姐,你说也说了,骂也骂了,算我们不对还不行吗?你就高抬贵手饶了我们吧!"

"饶了你们?"那女人鼻子里哼了一声,不依不饶地说,"你们这些流氓,都该抓起来去蹲大牢才是!"

看女人这副纠缠到底的气势,小黄真不明白她到底想干什么,让她这么缠下去,自己什么时候上得了岸呢?他直起嗓子对女人说:"大姐啊,其实你来的时候我们已经都蹲在水里了,我们可没对你不规矩啊!"

"你们还想怎么样?"女人蛮横地说,"难道你们这副赤身裸体的样子,还怕别人想象不出来吗?"小黄一听,真是哭笑不得。

光头在水里嘀嘀咕咕着:"这个泼妇,简直就是个神经病!我们索性就这样光着身子上去,看她能把我们怎么样。"说着,他站起身子就要上岸。谁知那女人一点不怕,"噌"地也站了起来,从竹篮子里拿出一把镰刀,朝光头挥舞着说:"你想上来?上来我就阄了你。"

光头看女人这副凶巴巴的样子,只好赶紧缩回水里。其他人一时都没了声息,蹲在那里谁也不敢上岸。

这时候,有个人骑着自行车正朝这边飞驰而来,女人看到了,连声地朝他招呼着:"来人呀,快来人呀!"

那人不知是咋回事,过来之后急忙跳下车,问:"怎么,出事儿了?"

女人说:"水里这帮人欺负我。"随即又附在他耳边说了几句悄悄话。

只听那人嗓门响得很,对女人说:"不会吧?要欺负早欺负上了,还轮得到你现在这么和我说话？别是你自己玩什么花样吧？"说着，他摇摇头就要走。

水里一伙人见那人这么帮着他们说话，就"大哥、大哥"地喊起来，要他帮忙把这个女人撵走。光头的喉咙最响："大哥，只要你能把这疯女人弄走，我给你两百块钱，怎么样？"

谁知这人理也不理他："我急着赶路呢，可不敢管你们这些闲事儿。"说完，头也不回地骑上自行车，蹬得跟飞似的。

女人瞧着他的背影乐得哈哈大笑，随后就把小黄他们放在岸上的衣服全都拾掇到一块儿，嘴里还不停地嘀咕，不过说来说去就是那几句话。小黄心里再急，这时候也没辙了，心里连连懊恼自己干吗要贪图凉快，现在惹下了这等缠不清的事儿。

正在这时候，一辆面包车从远处疾驶而来，车子还没停稳，突然就从车上跳下十几个公安来，个个手里端着枪，冲到桥边就立刻一字儿排开，枪口都对着河里，小黄一看，领路的竟是刚才那个骑车人。

岸上的女人激动地指着水里那个光头，对公安说："就是他，快，快抓住他，别让他跑了！"

光头在水里傻眼了，一动不动地愣在那里。是呀，还跑什么，他根本是跑不了啦！这光头是公安局正在通缉的杀人犯，因为样子长得非常像女人的一个亲戚，加上又剃了光头，所以女人反而一眼就把他从玩水的那帮人中认了出来，刚才就是她让骑车人去报的案。

小黄心里感慨：这样的事情，要不是亲身经历，说啥也想象不出来。

（武　浩）

（题图：魏忠善）

艺术女婿

李小毛最近结识了一个姓苗的姑娘,回去对父母一说,父母乐得眼睛都笑没了,他们拍着腰包对儿子说:"该用的你就用,别让人家小瞧了咱们!"

李小毛好不得意,把父母的这番话传达给了苗姑娘,本想讨好,可苗姑娘家里却偏偏不吃这一套!尤其是苗大妈,立马就放出话来:"家里有钱算什么,我要的女婿必须有品位,懂艺术,否则,甭谈!"苗大妈自己爱画画,每天去老年大学上课,已经到了痴迷的程度。

苗姑娘把她妈的意思向李小毛一说,李小毛拍着大腿直嚷嚷:"哎呀,烧香拜和尚——你是找对人了。不瞒你说,我从小就是搞艺术的,三十年的艺术熏陶,那是什么品位?"

苗姑娘一下子还真没看出来,不由地问:"你搞什么艺术?"

"画画，画鸡蛋全班数我画得最圆！"

"真的？"苗姑娘惊喜地搂着李小毛就吻，"我妈就爱画画，每天都去老年大学上课，要不哪天你上我们家，给我妈露一手？"

"没问题，保证让你妈眼睛一亮！"可是，李小毛和苗姑娘分手后就后悔了，他压根就不懂美术，只不过是胡吹罢了，如今夸下海口，到时候怎么收场？李小毛抓了半天脑瓜子，没办法，只能临时抱佛脚，上新华书店去买了一大摞关于学画的书。

从这天起，李小毛大门不出，二门不迈，恶补画画。可头疼的是，看了半天书，啥门道也看不出来。正抓耳挠腮着急哩，他父母回来了。李小毛的父母都是菜场的职工，最近为儿子的事也忙得脚打后脑勺。一进门，母亲就说："儿呀，你不是说苗姑娘她妈爱画画吗？我给你弄来一张画，你送过去，保准讨她喜欢。"

李小毛接过来一看，没看懂，画有些皱巴巴的，上面画的好像是几头驴，可细看又不像。不过，旁边倒是有"绿雾斋主"四个字的大红印章。李小毛这几天没白读书，知道作画且落款盖印的，不会是一般人所为，于是决定把这张画送过去！

李小毛小心翼翼地把画收好，猛地又想起一个问题来：画虽好，可苗大妈一旦问我好在哪里，我怎么说？到时候说砸了，不仅丢面子，还会丢媳妇，这可如何是好？

无奈之中，李小毛记起初中一起读书的王胖子，眼下王胖子正在文化宫画海报，何不找他帮忙想点子？

当天李小毛特地来到文化宫，两个人一见面，王胖子热情得不得了，拍着他的肩膀说："这有啥愁的？我教你一套评论美术作品的行话，就算是达·芬奇和梵高站在你面前，你照样能唬得他们一愣一愣的！"王胖子指着李小毛带来的那张画，接着说："你看，像这种画呀，你根本不用管它像什么，你就说它这是集抽象派与印象派于一身，笔墨看似笨拙呆滞，实乃深入浅出，高手妙哉。可谓大俗大雅、大音希声……"王胖子讲了一套又一套，李小毛也记了一遍又一遍，最后，李小毛已经在心里把王胖子的这些话背了个滚瓜烂熟。

一切准备停当，李小毛决定登门去见丈母娘。第一次上门，父母要他买些高级礼品送过去，李小毛眼一瞪："俗不俗？你们以后少在我面前耍小市民气，我的艺术天赋都被你们给耽误掉了！"父母互相看看，心说：八字还没一撇哩，儿子就跟未来的丈母娘统一战线了。

李小毛来到苗家，他与苗大妈稍稍寒暄了几句，就小心翼翼地展开手里的画，一套一套地讲了起来。这一招果然厉害，把苗大妈听得一愣一愣的，到最后苗大妈实在忍不住了，激动地一把搂住李小毛连连喊道："有水平，有水平啊，我们家的女婿就是你了！"

见妈点头了，苗姑娘也挺高兴，她把李小毛拉到闺房里，用手指着他的说："真没想到你不光是美术家，而且还是拍马屁高手。说，你从哪儿弄来我妈的这张画？"

李小毛一愣："你妈的画？"

苗姑娘说："你当真不知道，还是假装的？那张画就是我妈画的。"

李小毛搞不懂："那'绿雾斋主'的印章是怎么回事？你不是说你妈在老年大学学画吗？"苗姑娘笑得肚子都痛了："这'绿雾斋主'是老年大学校长给我妈起的画名；作家有笔名，画家也有画名，你能说出那么多道道，怎么连这都不懂？我妈说了，下回让你带着自己的画来。"

李小毛一听，惊出一身冷汗，还要有下回啊？回到家里，他冲着已经上床休息的妈就问："你给我的那张画是从哪儿弄来的？"他妈说："哎呀，不瞒你说，有个老太，回回到我这儿来买菜总喜欢左挑右拣的，有时还要赖说忘了带钱，硬塞给我一张画，非要与我换几根茄子、辣椒什么的。我看她年纪大了，也不去与她计较，白白丢掉总舍不得吧？于是就留下来了。怎么，你苗大妈喜欢？我床下还有一大卷呢，她喜欢都给她！"

原来是这么回事！李小毛听得两眼起泡泡，朝他妈吼了一声："那就是苗大妈画的！"

"你说什么？"李小毛他妈闻听从床上蹦下来，指着李小毛的鼻子说，"就是那个买菜的老太？小子你给我听着，咱打八辈子光棍也不和她结亲家！吹，趁早吹！你要是胆敢和她的闺女结婚，我就去跳楼，死给你看！"

李小毛哪肯死心？好不容易找了个对象，再说与苗姑娘相处这些日子，也产生了感情，怎能轻易说吹就吹了呢？可怎么能让双方老人都能理解呢？李小毛躺在床上想了一天一夜，看着床头那卷皱巴巴的画，忽然来了灵感：解铃还须系铃人，还是在画上打主意！

半个月后，李小毛再次来到苗姑娘家，将一张大红请柬毕恭毕敬地放到苗大妈手里，老人打开一看，上面一行小字：老有所乐，老有所为；中间一行烫金大字："绿雾斋主"画展！苗大妈稀里糊涂地被李小毛请到文化宫，一进门，李小毛说："大妈，这是我给您老搞的个人画展，请审查！"苗大妈一看，惊喜异常，原来，她那些皱巴巴的画被装裱后挂在展厅里，显得那么亮堂。人要衣装，马要鞍装；三分画七分裱，果然不假。

这时，李小毛的妈手拿请柬，在苗姑娘的搀扶下也走过来了，一把搂住苗大妈说："他婶子，你这么好的画，当初怎么舍得和我换葱换蒜啊？

我真是有眼无珠,没文化!"

苗大妈也异常兴奋:"没想到你这个卖菜的婆子,竟养了一个这么有艺术眼光的儿子!哈哈,我的亲家母!"

一旁,李小毛和同学王胖子笑得直捂嘴……

(左　肩)
(题图:李　加)

隐 身 人

日本东京有个男人，叫内田。他年纪不大，且身强力壮，可惜生性不佳，好吃懒做，还贪得无厌，做坏事连眼都不眨一下。因此名声不小，附近的人几乎都认识他，而且还怕他。

一天晚上，内田闲得发慌，便来到一家他常来常往的"魔鬼舞厅"。他约了一个漂亮女郎跳舞，可一会儿他的手就开始上移下摸的，不正经起来。谁知那漂亮女郎不但一点儿不生气，一曲跳罢，反而还邀他一道坐下来喝咖啡。内田不由得一阵狂喜，口齿也变得利落起来，可那女郎聊兴并不佳，不大工夫，就起身说有事要先走一步，临别前，她从小坤包里取出一只精巧的小瓶子，对内田说："内田先生，久仰大名，今天很高兴与你结识。我没有什么好送你的，这是一个高科技产品，你只要喝上一滴,就能变成隐身人,保证在一天当中,没有人能看得见你,也没有人听得见你的说话声,这样你就可以为所欲为了。如果你喝上一大口,那就会终生变成隐身人。好,再见,祝你做个好梦。"说完女郎飘然而去,内田连人家的住址、电话都没来得及问。

回到家里,他关上门,望着小瓶子呆了好一阵,心想:"这难道真是隐身药?"想到后来,他把牙一咬,下定决心说:"管它是真是假,宁在花下死,做鬼也风流,我试试看!"于是他举起瓶子,往嘴里倒了一滴,用舌头一舔,跟纯净水一样,没一点异味。奇怪的是,接下来他走到哪里,谁都看不见他,他说话也没人理他。这使内田欣喜若狂,便兴冲冲地来到珠宝店,在柜台边一站,问道:"小姐,这种宝石戒指怎么卖?"可是两个售货小姐却连眼皮子也不抬,只顾自己聊天。这一来内田胆壮了,大模大样地进了柜台,尽挑好东西拿,直到把衣袋装得鼓鼓的,才大摇大摆地出了门。他又到饭馆里美美地饱餐了一顿后,猛然想起今天还没到公司去过呢,说不定那该死的科长又要骂人了。

在公司里,那个科长对内田就像对一只死狗,一不顺心就开骂。过去内田怕他,不敢回嘴,现在可不一样了,得去看看,如果科长客气点,那就再帮他干几天,要不然就给他点颜色看看。

他一晃三摇地来到他的公司,一进门又听到科长在发火:"内田怎么又不来,这家伙越来越不像话,干脆炒鱿鱼,让他滚蛋算了!"内田听了笑笑,随手掏出把水果刀,走到科长面前,说:"谢谢你炒我的鱿鱼,不过我也得给你点味道尝尝。"说着就在科长的嘴边割了一刀,顿时鲜血直淋。人们闻讯赶来抢救,有的尖叫,有的包扎,有的打电话,整个公司都乱套了。唯有内田乐滋滋地站在那里看热闹,看了一会儿也走了。他走到公司门口一看,科长的轿车停在那里,于是一不做二不休,举刀给轮胎戳了个窟窿，把车胎里的气放光，才扬长而去。

内田回到家，心里有一种说不出的快感。他拿出那瓶药水，心想：这真是好东西，干脆喝光它，做个终生隐身人多好。主意打定，便将剩下的大半瓶药水"咕嘟咕嘟"全都吞进了肚子里，然后舒舒坦坦地躺下了。

他一觉睡到大天亮，起床后到门口的点心店里吃了顿早餐。他不打算再去公司上班，但想去看看那个科长怎么样了，于是又一摇二晃地朝前走去。突然，他发现从前面开来一辆豪华的轿车。内田一眼就认出那是明星奈子小姐的专车。对奈子小姐，他是向往已久，只是因为自己太穷，不敢高攀，现在不同了，成了隐身人，想什么就有什么，为什么不试试看呢？他站在马路当中，挥手大叫："停下，快停下……"可是汽车司机什么都没看见，也听不见他的声音，径直朝内田开来，把他撞出去好几米远，摔在地上直哼哼。司机感觉到自己的车撞到了什么东西，急忙刹车一看，啥也没有，这才放心地开起车子走了。

内田倒在地上痛苦地呻吟着，他知道自己伤得不轻，便使出浑身的力气叫道："谁救救我，送我去医院，我给钱，要多少给多少，我有的是钱……"可是因为他是隐身人，谁也看不见他，也听不见他叫，因此他很快死去了。

不久以后，这条街上散发出一种令人难受的臭味，害得行人捂鼻子走路，附近的住户家家关门闭窗，但谁也闹不清这是什么臭味，又是从哪里发出来的……

（编译：蒋　铭）
（题图：魏忠善）

世间·颠倒记

shijian diandaoji

闭上眼睛，关掉耳朵，暂停说话……世界不见了，世界出现了。

安吉洛的女富翁

胆小的老太

在安吉洛小镇郊外一片静谧的树林边,有一座破旧的房子。谁都不会想到,在那里住着全镇最富有的人,但这个秘密,还是被刚出道的小偷安得森发现了。

那天,安得森到银行附近去物色对象,偶然发现一个衣着朴素的老太太竟一下子取出了两万美元。安得森原本想冲到老太太跟前,抢过她的皮包就逃跑,但没想到老太太非常机警,不停地回头看,这让安得森根本无法靠近,更没有下手的机会。安得森只好跟踪老太太,看着老太太进了屋,这时他又有了新主意:老太太既然如此富有,何不偷走她更多的钱呢?

于是，从第二天起，安得森每天埋伏在老太太的房子附近，仔细观察老太太的行踪。他发现老太太的生活很有规律，每天吃完晚饭后都会出去很久，而这段时间，足够安得森把她家翻个遍了。

这天晚上，安得森摸准了时间，蹑手蹑脚地溜到老太太家门前，确信家里没人后，他就撬开窗户，钻进她家，开始翻箱倒柜地找起来。真没想到，这个老太太竟然是个大富翁呀，她的箱子里存放着许多贵重物品，随便哪一件都能卖大把的钱，安得森越翻越高兴。

突然，安得森听到一阵敲门声，接着是一个洪亮的声音："辛格娜太太，我是警官弗雷德。我接到你的电话了，你遇到什么麻烦了吗？"安得森不觉猛吃了一惊：门外站着一个警官，而且听他那口气，是接到报警电话才赶过来的。难道自己的行踪已经暴露了？他见床下面还能藏得住自己，就赶紧掀起床罩钻了进去。

可刚钻进去，安得森就感觉到旁边传来沉重的呼吸声，他顿时吓得魂飞魄散，浑身的汗毛都竖了起来。他匆忙转头看去，只见自己身边还缩着一个黑影。他吓坏了，小声问道："谁？"可那个黑影却不停地往后退，一直退到了墙边，并不说话。

这时，门外的警官又敲了敲门，继续问道："辛格娜太太，你怎么不说话？你在家吗？"

安得森转了转眼珠，突然想到，这个黑影很有可能就是辛格娜太太呀。她发现自己进来偷东西，这才藏到了床底下，并且报了警。如果她再不说话，那个警官冲进来，自己就要露馅儿了。安得森壮着胆子低声恐吓："你再不吭声，就别怪我对你不客气了！"这时才从黑影那里传来一个老太太颤抖的声音："请……你不要伤害我！我……我……"安得森听得出，说话的正是辛格娜太太。

安得森见辛格娜太太吓得直哆嗦，说不出话来，心里反倒有了主意："你快对门外的臭警察说，家里没事，让他快走。否则，我真对你不客气了！"

辛格娜太太果然很听话，冲着外面喊道："我没事，弗雷德警官。刚才我听到声响，还以为是坏人呢，可能是老鼠的声音吧，现在已经没事了。我已经睡下了，就不请你进来了。谢谢你啊，弗雷德警官。"

只听弗雷德警官回答："听到你的声音我就放心了。晚安，辛格娜太太，有事可以随时给我打电话。"说完，他就走了。

安得森听着弗雷德警官的脚步声远去了，这才从床底下钻出来。他正要拉开门跑出去，突然又顿住了：弗雷德警官并没走远，如果辛格娜太太再给他打个报警电话，他很快就会赶回来把自己逮住的。于是，安得森又走回房里，掀开床罩，低声命令道："你快出来！"

辛格娜太太从床底下爬出来，满脸的惊恐，依然在瑟瑟发抖。

安得森又命令她："把你的手机交给我。"辛格娜太太听话地照做了。安得森把手机装进自己兜里，又把房子的各个房间都检查了一遍，没有找到别的电话，确保辛格娜太太报不了警，他这才放心地拉开门走了。

奇怪的嗜好

谁知，安得森走到半路，这才发觉他偷的那些财物都落在了床底下，并没有带出来，他只好又回到了那座老房子。

房子里依然黑咕隆咚的，没有一点动静。果然，辛格娜太太是个胆小怕事的人，并没把他光顾的事报告给警察。

安得森依旧从窗户里跳进去，大声说："辛格娜太太，我又回来了。"

没有回音。他借着窗外照射进来的月光仔细搜索着,这才发现屋里根本就没有人。辛格娜太太到哪里去了呢?突然,他发觉床罩在微微抖动,就掀开了床罩,果然辛格娜太太正在床底下呢。他大声命令道:"把那包财物拿出来。"辛格娜太太顺从地把财物递给了他。

安得森拿到财物,正要转身离开,但不见辛格娜太太钻出来,不由得满腹狐疑:"辛格娜太太,你怎么还不出来,难道你要睡在床底下?"

辛格娜太太连连点头,说:"是的,我就睡在床底下。"

安得森仔细看去,这才看清楚,辛格娜太太的床铺叠得很整齐,不像要睡觉的样子,而床底下却铺着一张皮毛的毯子。他不禁大吃一惊,问道:"辛格娜太太,你一定要告诉我,这是为什么?"

辛格娜太太沉吟半晌,禁不住他一再追问,终于说出了真相:她年轻的时候,和安得森干的是同一个行当,而且她的手艺比安得森要高明许多,从没失过手。她家里的那些金银珠宝,都是她偷来的。但她偷来的宝物要换成钱才能用,这就让她暴露了行踪,警察追查她,同行想谋害她,还有很多想拿到警方高额奖金的线人,搅得她寝食难安。后来她竟患上了恐惧症,怕见到亮光,怕听到动静,怕见人,甚至怕在床上睡觉。她躲在这个偏僻的地方,心里还是觉得不踏实,只有睡在床下,才能睡得着。她已经在床底下睡了四十年,看来要睡到死了。

安得森一听,惊讶地叫出声:"什么?你在床底下睡了四十年?"

辛格娜太太点了点头,眼睛里满是泪水,哽咽着说:"检察官知道我患了精神病,已经不再追究我的责任了,但我仍然改不掉这个习惯,还是怕见人,还是要睡在床底下。假如上帝再给我一次重生的机会,我就是当个乞丐,也不要过这样的日子呀。"说着,她竟哭了起来。

安得森听了,手一抖,那包财物掉在了地上。

辛格娜太太捡起那包财物，放到安得森手里，说："这些财宝，你都拿去吧，我留着已经没有用了。"

安得森像是拿到了一个烫手山芋，慌忙把那包财物递还给她，说："不，辛格娜太太，我不能拿走你的财宝了。我想，正像你所说的那样，我现在虽然穷困潦倒，但我还有一份轻松，我不想过你这种暗无天日的生活，更不想这一辈子就睡在床底下。"他没有告诉辛格娜太太，别看他是一个高大的男人，实际上他非常胆小，最怕的就是蚂蚁、蜈蚣之类的小虫子。要他在地上睡四十年，简直比要了他的命还让他难受。

说完，安得森把手机也还给了辛格娜太太，转身要走。

意外的贷款

这时，辛格娜太太却叫住了他："先生，请等一等。"安得森站住了，疑惑地望着她："还有什么事？"

辛格娜太太问他："假如给你一笔贷款，你会做什么？"安得森两眼放光，激动地说："假如我能得到一笔贷款，我会开一家汽车保养店。现在很多人会开汽车，但却没时间保养，也不会保养，导致汽车故障增多，交通事故发生率居高不下。我想汽车保养店的生意会很兴隆，可是，谁会给我这个一无所有的穷小子几万美元的贷款呢？"

辛格娜太太突然笑了："我会给你。"安得森听了，大喜过望。

辛格娜太太微笑着从提包里拿出一份贷款合同，又拿出两万美元，一同递给了安得森。安得森签下了合同，拿起那两万美元，千恩万谢地走了。辛格娜太太认真地收起那份合同，放进了保险箱。

这时，弗雷德警官又回来了，他掏出钥匙开了门，一见到辛格娜太太那高兴的样子,就笑了:"妈妈,您又签了一份合同?"

辛格娜太太掩饰不住自己的兴奋,滔滔不绝地说:"是的,孩子,安得森是一个可以挽救的孩子。他从没动过伤害我的念头,只是想拿到钱。他一定是到了穷途末路,才动了歪念头。我想,他的计划可行,他很快就会还上我们的钱⋯⋯"

弗雷德点了点头,会心地笑了。其实,弗雷德是小镇上的巡警,早在安得森第一次跟踪辛格娜太太时,弗雷德就发现了,并且和母亲一起合演了这出戏。

这么多年来,辛格娜太太一直保守着这个赚钱的秘密,她是安吉洛小镇上最富有的人,她富有的不仅是金钱,还有她的善良⋯⋯

(魏　炜)
(题图:佐　夫)

聪明的杰克

威尔斯经营着一家小小的殡葬公司，手下有个小学徒叫杰克。威尔斯生怕杰克把自己的那点手艺偷了去，所以总是藏着掖着。还好杰克是个老实人，只是默默干活，从不抱怨一句。

这天，来了位西装革履的中年男人，一进门就边抹眼泪边说："我的父亲前两天过世了，我想在你们公司定制一块最好的墓碑。"

杰克见了，赶紧上前扶着中年男人坐下，想给他介绍一下公司的业务。这时，威尔斯上前一步，把杰克一挡，吩咐说："这里没你什么事，快去给客人冲杯咖啡。"接着，他又转过脸，笑着招呼中年男人说："您请节哀顺变，来我们公司您算是找对地方了。"说完，他便拿出样品照片，陪着男人挑出了满意的款式。

接着，威尔斯询问道："请问您想在这款墓碑上刻些什么碑文呢？"

这时候，中年男人一把鼻涕一把泪地回忆着："我父亲生前是一位牧师，德高望重。我这两天把他的生平事迹总结了一下，写了一篇悼文。麻烦你帮忙刻上去。"说完，便从公文包里取出十来页纸，递给威尔斯。

威尔斯接过悼文，顺手一翻，便拍着胸脯保证道："没问题，包在我身上。明天您再来确认一下，我们就把悼文刻上去。"

等送走中年男人，威尔斯亲自把这十来页纸的内容精简成了百来个单词的篇幅，等着第二天中年男人来访。

谁知到了第二天，那中年男人一看到缩写好的悼文，连忙摇头说："昨天忘了交代，我写的悼文一个字都不能少，全要刻在墓碑上。"

威尔斯一听，立马傻了眼，解释说："那恐怕您得定制一块超级巨大的墓碑，才能把这些字全都刻上去。"

中年男人赶紧摇头说："可我父亲临走时交代过，一定要把他葬在公墓里。你们也知道，公墓里对墓碑的规格是有严格规定的啊。"

威尔斯一听，火了，心想：你这不是成心要找茬吗？于是他不客气地说："先生，要么你同意精简悼文，要么你另请高明。"

这时，威尔斯忽然感觉自己的衣角被人拉了一下，转头一看，原来是杰克拿着那几张悼文，泪流满面地乞求："这位牧师的事迹真是感人肺腑，太伟大了。威尔斯师傅，要不我们再想想办法，帮帮人家？"

威尔斯心里暗骂：真是不怕神一样的对手，就怕猪一样的队友。他喝道："闭上嘴，一边待着去！"说完，一把抢过悼词，塞到中年男人手上，干脆地拒绝："先生，我们实在无能为力！"

中年男人失望道："是吗？我本来还想，要是花个大价钱，这事儿能解决呢。这不，我今天把报酬都带来了，五万美元呢。"

天啊！五万美元，这可是威尔斯好几个月的收入啊！他这才发现中年男人的公文包鼓鼓囊囊的。他赶紧一把扯回那几张纸,回头跟杰克干笑道:"事情也不是没有余地,是吧? 杰克,要不,我们再想想办法?"

杰克听了,破涕为笑,认真地点了点头。于是双方约定,五天后交差。

接下来连续三天,威尔斯都把自己关在工作室里,可任凭他绞尽脑汁,尝试了所有工艺,还是设计不出一个可行的方案,弄得他着急上火直叹气。

更可气的是,杰克还时不时跑到窗口瞄一眼,问:"师傅,怎么样? 有法子了吗?"气得威尔斯吹胡子瞪眼,训斥道:"你别给我添乱,滚一边去!"杰克只好低着头默默离开。

到了第四天,威尔斯简直坐不住了,绕着工作室不停地打转。正在这时,杰克轻轻地推开门,小心翼翼地问:"威尔斯师傅,我来问问那个悼文,我能帮上啥忙吗?"

威尔斯咆哮道:"这时候你竟敢来说风凉话! 有本事你给我设计个方案出来!"

谁知杰克竟结结巴巴地说:"要不,就……就交给我……我吧!"见威尔斯将信将疑,杰克又解释说:"您让我试试,后天应该可以交货。"

没办法,威尔斯只好死马当作活马医,答应让杰克试试看。杰克一听,乐得大喊一声"耶",乐颠颠跑了出去。

威尔斯好生纳闷:我平时半点功夫都没认真教过他,这小子能有啥办法? 于是,他不动声色地观察。接下来,杰克却一个劲往外跑。到了第五天晚上,威尔斯问杰克:"明天就要交货了,你把事情办得怎么样了?"

只见杰克一拍胸脯,保证道:"威尔斯师傅,放心吧,现在就差悼文没刻上去了。"威尔斯一听,正喝着的一口咖啡"扑哧"喷了出来,骂道:"满满十多页悼文,给你三天三夜也别想刻完。现在还剩一晚上了!"杰克赶紧上前帮他边擦边说:"没关系,晚上我加个班,明天保证交货。"威尔斯见杰克口气那么笃定,将信将疑地下班回家去了。

第二天一早,威尔斯忐忑地去公司上班,老远就看见那中年男人走在了自己前头。他心虚,不敢上前打招呼。等中年男人进了公司,威尔斯躲在门外想看看情况再说。他远远望见杰克热情地和中年男人握了手,便指向地上的一块墓碑。再看看那中年男人,绕着墓碑走了三圈,忽然直起了身子。威尔斯心里一"咯噔":完了,要发火了!谁知中年男人上前一步,紧紧地拥抱了杰克,接着,好像又掏出手帕直抹眼泪。

难道这小子真把事情搞定了?难不成他背着我学了什么微雕技术?威尔斯赶紧上前想看个究竟。

那中年男人一见威尔斯来了,赶紧上前握住他的手,感激道:"真感谢您培养了那么聪明的学徒,这事儿办得我满意极了!为了让父亲的生平事迹完整地刻在墓碑上,我已经求了好几家公司,却只有你们办到了!"

威尔斯看看杰克,只见他红着脸摸着后脑勺,挺不好意思的样子。威尔斯赶紧往那块墓碑望去,顿时愣住了,只见上头竟然一个字也没有!

这时,中年男人指着墓碑上的一个正方形图案,催促道:"快掏出手机扫描一下吧!杰克已经把我父亲的事迹详细地挂到了一家大型的社交网站上,这二维码是他找最好的设计公司用电脑设计好的,这法子真是新颖别致又时髦啊!"

(燕沐郎)
(题图:佐 夫)

给你加个号

这年头，排队成为一种生活常态。吃饭要排队，取钱要排队，看病要排队，更为稀奇的是，学生们选座位，也要排队，刘英就有过这样一次特殊的排队经历。

刘英是市里一家医院的外科专家，也是个单亲妈妈，由于工作繁忙，对儿子大宝疏于教育，他的成绩总是不尽如人意。眼见还有一年就要中考了，刘英为此烦恼不已。

大宝的学校有个规矩，每到新学期，会重新排座位，同学们可以自由组合同桌，选择优秀的学习伙伴。因此，那几个学习成绩好的孩子就成了香饽饽，一号红人当属学习委员马小海。马小海很优秀，每次都考年级第一，还获过很多竞赛大奖。以前跟马小海同桌过的孩子，成绩都进步很快。所以，在这次同桌选择中，马小海成了"大众情人"。

刘英鼓励大宝去找马小海当同桌，可大宝跟马小海关系一般，也攀不上啥交情。刘英给儿子出主意："你去找马小海，约他晚上一起吃饭，妈妈请你们吃比萨。"大宝犹豫着答应了。

晚上，大宝回到家，一脸沮丧，刘英赶紧问儿子怎么没和马小海一起来。

大宝耷拉着脑袋说："马小海有约了，好多同学的家长都要请他吃饭，他的应酬都排到一星期之后了，都怪我没提前跟他预约。"

刘英瞪大了眼睛："还得预约？"

"可不是嘛。"大宝不高兴地撅着嘴，他告诉刘英，听说好几个家长为了争取马小海，各出奇招。丫丫的爸爸是博物馆馆长，许诺马小海去参观可以免费。小辉的爸爸是大老板，说只要马小海同意跟儿子做同桌，就带他去香港的迪士尼乐园玩……大宝不满地对刘英说："你还想一顿比萨打发人家啊？"

刘英惊得合不拢嘴，好半天才开口："宝贝，你先'排队'等着，看他什么时候有时间，他想吃什么，妈妈就带他去吃。"

大宝撇撇嘴："他的时间排到一周后了，到时候就算请到他，没准已经排了座位，就被耽误了。"

刘英心里百感交集，这排队敢情比挂我的专家门诊号还难！

第二天，刘英带着心事去医院上班，助理护士告诉她，今天挂专家门诊的号又是满满的，还有很多人没挂上号，也不肯走，还在挂号大厅等着。刘英穿上白大褂，不耐烦地说："等有什么用？"

这一天十分忙碌，病人一个接一个，外面还有一长串人在排队。刘英忙得连口茶也顾不上喝，心情自然不佳，对病人的态度也不怎么好。病人挨了数落，也敢怒不敢言，还得恭恭敬敬的。送走了一个病人，刘英让助理暂停一下，她要休息休息。

刘英捧起茶杯，稍稍舒了口气。正在这时，好几个人推搡着挤进了诊室，助理很无奈："又是要求加号的，拦不住……"

刘英有些恼火："你们想干吗？"

一个中年男人央求道："刘大夫，俺是外地的，等了好几天都挂不上您的号，求您给俺加个号吧！"

旁边的妇女抢着说："刘大夫，我腿上长了个瘤，疼死了，是急症，求您先给我加个号吧……"

另一个领着孩子的老太太颤巍巍地说："大夫，我小孙子骨头摔伤了……"

一时间乱作一团。

刘英重重地敲着桌子，不耐烦地说："外面这么多挂了号的，有外地的，也有急病的，我怎么给你们加号？看病也得讲个先来后到，你们赶紧走吧！"

这些人失望地离开了，刘英心里也有点别扭。其实，专家号虽然难挂，但也有不少能插队加号的，不过大多是关系户。有了这些插队加号，挂号就更紧张了，很多人从凌晨就在外面等着排队，大冷天就在门口裹着大衣睡觉，看着也挺让人心酸的。刚工作的时候，刘英还对工作充满了热情，争取让每一个病人都能看上病，经常牺牲自己的个人时间加班出诊。可时间长了，名气大了，看惯了生生死死，刘英就变得例行公事起来，有时候她也为自己的冷漠感到惊讶。

晚上，刘英疲惫不堪地回到家，见了儿子就问："今天在学校怎么样，排座位的事情有新动向了吗？"

大宝说："我跟马小海说要请他吃饭，他说看看时间，再给我个答复。"

这什么孩子啊？还会打官腔了！刘英不悦地对儿子说："你也可以争

取别的成绩好的同学当同桌啊,没人主动跟你做同桌吗?"

大宝有些无奈:"成绩好的都被人预订了,就李闹说想跟我做同桌。"

"什么?坚决不行!"刘英激动地把筷子重重一放。她知道,这李闹是出名的淘气鬼,成绩倒数,每次家长会李闹的妈妈都被老师数落得抬不起头来。要是儿子跟他做了同桌,儿子的成绩肯定受影响!

刘英告诉儿子,别理李闹,明天继续找马小海商量一下。大宝不说话了,无精打采地在碗里扒拉着米饭。

第二天上班,刘英又是忙得不可开交。中午的时候,大宝打电话来,语气很欢快:"妈,马小海答应今晚上就跟我们吃饭呢!"

刘英一脸惊喜:"啊?不是说都排到一周后了吗?"

大宝说:"我也不知道,可能临时有人取消了预约,他就把我排在前面了。"

刘英有点受宠若惊,赶紧说:"那他想去哪里吃饭,什么饭店都可以,妈妈下班去接你们。"

大宝说:"他说去李记包子铺吃包子。"

"啊?"刘英听了有些惊讶,她还以为马小海会点什么高档饭店呢。去李记包子铺,三个人也花不了几个钱,这让刘英心里对马小海多了几份好感。

大宝又特别嘱咐:"妈,虽然马小海答应吃饭,但竞争还是很激烈,你要好好表现啊!"

听儿子这么一说,刘英心里还真是挺紧张,有种等着被人裁决的感觉。她不由笑话自己,从来都是她给别人决断病情,说一不二,什么时候轮到自己紧张了!

下班后,刘英开车去接儿子。来到学校,只见大宝已经站在门口了,旁边还有一个高高瘦瘦的男孩，想必就是马小海了。大宝正一脸喜色，不时地跟马小海搭讪。马小海则一脸漠然，什么也不说。

刘英招呼他们上车后，满脸笑容地说："你就是小海吧，早听大宝提起你，又懂事，成绩又好，今天阿姨埋单，别吃包子啊，想吃什么咱们就吃什么！"

马小海说："就吃包子吧，谢谢阿姨。"

刘英尴尬地笑笑，开车直奔李记包子铺。到了包子铺，刘英掀开门帘，让两位"小皇帝"先进去，然后又鞍前马后地去给他们点菜端菜。刘英暗暗感到有些不爽，她一个堂堂外科专家，居然还得巴结一个孩子，但转念一想，只要儿子学习好，她做什么都愿意。

刘英来之前已经想好了两手方案，先以情动人，说些感人的话打动马小海，再以"礼"服人，给马小海买个最新的苹果手机，或者他喜欢的耐克球衣。

刘英酝酿了一下情绪，对马小海微笑着说："小海啊，阿姨今天请你吃个便饭，也没有别的意思，就是希望……"

马小海打断了刘英的话："阿姨，不用说了，您的意思我明白。"

刘英愣住了，不知自己说错了什么，有点手足无措，大宝也在旁边冲她皱眉头。

马小海又说："我答应和刘大宝做同桌。"

一听这话，刘英和大宝都有些傻眼，半天才反应过来，怎么也没想到马小海会这么干脆。

刘英又惊又喜，赶紧说："小海，只要你跟大宝做同桌，阿姨送你一个……"

"不用。"马小海又打断了她，"我只有一个条件。"

刘英和大宝异口同声："你说你说。"

马小海转向刘英："我想问您要一个医院的专家号，您的号挂不上，我想请您加个号。"

听了这话，刘英感到万分意外："怎么了，你病了？"

马小海低下了脑袋："不是我，是我妈妈，她为了挂您的号，在医院外面冻了好几天，还是没成功。她腿上长了瘤，疼得走不动……"说着，马小海的眼里隐约有泪光在闪。

刘英愣了一下，加个号，对刘英来说自然是举手之劳，她赶紧答应了。

马小海抬起了头，说："您知道，有很多人约我吃饭，我的档期已经排到一周后了。刘大宝本来是没有机会的，我今天之所以坐在这，就是因为我给他加了号。"

刘英一怔，连忙说："阿姨知道，所以我们非常感谢你……"

"不用客气，阿姨。"马小海说，"您给我加了号，我也给您加一个号，很公平。"

刘英听了马小海的话，心里五味杂陈，什么话也说不出来。

(左文萍)
(题图：张恩卫)

节外生枝

迅速结案

别看现在信息那么发达,可要弄出一篇出彩的新闻稿却越来越难。这不,都市报的记者宁伟已经一个月没上稿了,最近他好不容易才瞄上了个好素材。

原来,有个外国老板来市里考察投资环境,却不知在哪儿丢了个包。这可是关系到本市国际形象的大事,所以,还没等老外开口,公安局就主动承诺,十天之内一定把包找到。

宁伟追这个新闻可是把握十足的,因为重点负责这个案子的,就是他的哥们儿——刑警队副队长赵刚。近水楼台先得月嘛,宁伟赶紧拨通电话打招呼,不出所料,赵刚满口答应,这案子就交给他宁伟独家报道。

可两人再聊下去，宁伟却乐不起来了。因为赵刚说，那外商根本没能提供啥有意义的线索，所以这包能不能找回来，赵刚自己心里也没底。眼下唯一的希望就是，有人能拾金不昧，主动上交。听了这话，宁伟心头就像浇了瓢凉水：眼下雷锋可是稀缺品，这事看来得黄。

然而就在第二天，赵刚那头竟然传来喜讯："雷锋出现了！"有个叫杨虎的市民看到电视台滚动播出的寻包启事，打来电话，说自己拾到了那个包，正打算物归原主。更难得的是，人家不计报酬，只说交包的时候，请他喝杯茶就成。于是赵刚当下就约了杨虎，中午在一家茶楼见面。

节外生枝

等宁伟跟着赵刚到了茶楼，杨虎早在那儿候着了。喝完茶，杨虎直起身，说："包在我摩托车后备箱里，跟我来。"他带着两人走到停车棚，搜寻一通后，脸色"刷"一下就变了，整个人像根木头似的杵在那儿。

看着他失魂落魄的样子，宁伟心头一"咯噔"，忙问："怎么，车丢了？"

杨虎点点头，痛心地说："一个钟头前还停在这。为买这车，我可是从牙缝里省钱啊，这才买了多久？怎么说没就没了？"

宁伟听了，咬牙切齿大骂一声："该死的偷车贼！"

只有赵刚临阵不乱，宽慰杨虎说："不就丢了个车吗？多大点事儿！忘了我是干什么的？只要你提供车子的相关信息，我就能给你找回来。"

于是，没多大工夫，杨虎就备齐了摩托车的发票及车身号码。分手时，杨虎问了句："赵警官，我的车得多长时间能追回来？"

赵刚一拍胸脯，说："我保证，一周内解决问题。"宁伟觉着这牛吹大了，等杨虎走了，他担忧地说："赵刚，你那七天的期限是不是短了点？

当心栽跟头。"

赵刚有点不高兴了："咋的，怀疑局里的办案能力？我敢跟你打赌，要是七天之内车子追不回来，我自己掏腰包送他辆新车！"

赵刚敢夸此海口是有把握的，市区也就这么大，只要会同交警部门展开拉网式排查，这车还能藏到哪儿去？虽说有点兴师动众，但这毕竟是局里关注的头等大事嘛。

还真别说，在全市干警的齐心协力下，就在第六天，杨虎的摩托车找到了！宁伟接到赵刚的电话，赶紧骑着电驴，一溜烟赶到公安局。

可刚进门，就见赵刚正坐在长椅上抽闷烟，宁伟擂他一拳，说："你小子魔怔了？案子破了应该高兴才对嘛，你还憋出副哭丧脸给谁看？"

赵刚摁灭烟头，叹口气说："高兴个啥？你忘了，咱费这么大劲，真正的目的是啥？不错，案子是破了，车追回来了，可偷车贼却跟我打太极，你说气不气人？"

原来，偷车的是个惯犯，所以一抓进来，他倒是破罐子破摔，把自己的案底都竹筒倒豆子，招得一干二净。但偏偏这个案子，他却死活不承认车上有个啥包。

宁伟赶紧跟着赵刚进了审讯室，想从偷车贼那里套出点儿门道来，谁知他好话说了一箩筐，那偷车贼还是一口咬定，自己压根没见过什么包。弄得一旁的赵刚心急火燎地出了门，握着拳头直想往墙上挥。

峰回路转

见哥们急成这样，宁伟赶紧拉住他，问道："冷静点。我们来理一理线索。我问你，老外那包里有贵重物品吗？"赵刚摇摇头道："没有，他说包里有几张照片还有些纪念意义，其他也就几百块现金和一部手机。哦，对了，手机也是旧款的，二手倒卖值不了几个钱呢。"

宁伟听了，若有所思地点点头，说："这么说起来，我看这个偷车贼倒不像是在说谎。"

赵刚想想也对：其他的大案他都交代了，也犯不着为了这仨瓜俩枣死扛。可赵刚又想不通，这车后备箱里的包，难不成自己长了翅膀，飞走了？

这时候，宁伟又说："我们换一个角度想想。既然老外没说谎、偷车的没说谎，那么问题出在谁身上呢？"

赵刚一拍脑袋说："那个说自己捡到包的杨虎！这小子不厚道，亏我还第一时间通知他车找到了呢。走，咱们找他去！"

正在这时，杨虎竟自己送上门来了。赵刚见了他，就眼珠一瞪，要发火。谁知杨虎倒笑眯眯地先开了口："不好意思，弄错了。刚才我老婆从娘家回来告诉我，我约您交包的那天出门前，这包被她从车后备箱拿出来了。"说完他一伸手，递过来一个包。赵刚仔细一核实，正是老外丢的那个，再一打开，里面的东西一样不少。

这下子，赵刚的脸色终于阴转了晴，他连连向杨虎道谢。杨虎倒也谦虚，忙不迭地说："应该的，应该的。不过，赵警官，我那辆摩托……真找到了？"

赵刚这才一拍脑袋，二拍胸脯，得意地说："那当然！现在该相信我们的办案能力了吧！"说完，他就带着杨虎领车去了。杨虎乐呵呵地跟在后头，边走边喃喃地说："不可思议，真不可思议！"

这个结局可谓皆大欢喜啊。这时候，宁伟也是心花怒放。他想，接下来只要把包还到那个外商手里，自己"咔嚓"拍下那动人的画面，这独家新闻可就要横空出世了！他正偷着乐，却见赵刚一个人回来了。一问才知道，杨虎领了车就骑走了。宁伟"哎呀"一声叫了出来，忘了采访一下杨虎的感受了，于是他赶紧踏上自己的小电驴追了出去。

真相大白

幸好，等宁伟拐了个弯，没追出多远，就看见杨虎在五十米开外停了下来，和路旁一个女的乐呵呵说起了话。宁伟赶紧加足马力跟上去，只听那女的正竖起大拇指，对杨虎说："老公，你真能耐，一通瞎话把刑警队长都忽悠了！"

宁伟一听不对劲啊，上前就问："嘿！杨虎！你捣的什么鬼？老实交代！"

杨虎一扭头，见是宁伟，愣了一下，尴尬地笑了笑，说："既然你都听见了，我也不瞒你了。这事吧，我确实下了个套。"见宁伟一脸迷茫，他解释道："你别误会，包是我捡的，车也是我丢的，这些我都没忽悠你们。只是……"宁伟听得更糊涂了，问："只是啥？"

杨虎有些不好意思，红着脸说："只是，你和赵警官都忘了问那个偷车贼，这车是啥时候偷的。其实，去茶馆那天，我根本就没骑车，因为这车早在半年前就给偷了。"

没等杨虎说完，宁伟就明白了，敢情是杨虎捡到了外商的包，想要还，可又想到了自己半年前丢的车，于是就想了个套，假装自己放包的车给人偷，目的就一个，让警察给老外追包的同时，顺便把自己丢的车找回来。

这事儿现在全说通了，宁伟也给气坏了。他黑着脸教训起杨虎来：

"杨虎啊杨虎，你这觉悟也太低了吧。你知道这么做的后果吗？往小了说，你这是报假案，滥用警力；往大了说，你这是破坏咱市的国际形象，你不是不知道，丢包的是外国友人……"

谁知，杨虎本来还一直谦恭地点头称是，可一听到"外国友人"这四个字，却激动起来，反驳说："打住，别跟我提外国友人！实话告诉你，正因为是外国人，我才这么做！我就不明白，明明是在咱自己的地盘上，为啥咱丢了车，报了案，半年都找不回来，可一个老外就丢了个不值钱的包，嘿，要不是我故意'节外生枝'，估计一两天就能结案了吧！"

(刘丽华)

(题图：安玉民 梁 丽)

救不得的树苗

张大叔承包了一座荒山,每年春天都到山上种树,几年下来,满山皆是绿树。就在隔河相望的对岸,也有一座荒山,每年春天都有几百个干部上山种树,可几年后,山上依旧一片荒凉,看不见绿树的影子。

这年春天,张大叔在山上护理树木,看见河对面又有几百个干部在种树。为什么几百个人年年在山上种树,却看不见绿树呢?张大叔决定涉水过河,去看个究竟。

到了对岸,张大叔才发现,负责分发树苗的干部是自己的一个远房表弟,叫刘守仁,专管后勤工作。张大叔看看地上的树苗,有的缺根少须,有的枝干折断,质量很差。他随手拿起几棵残缺的树苗,扔到沟里。刘守仁叫起来:"不能扔。"说着跳到沟里,把树苗捡了回来。

张大叔不解地问:"这几棵都是种不活的,要它们干什么?"

刘守仁笑了笑说:"我们每人一棵树苗,定好数量的,扔掉几棵就有几个人没树种了。"

说话间,干部们就来领树苗了。他们不在乎树苗的质量,领到树苗,就笑容满面。有一位穿长裙的女干部,领到一棵根须全无的树苗,照样兴高采烈,她一只手拎着树苗,另一只手撩着裙摆,踮着脚走了。

领了树苗,干部们就挖坑种树。他们把锄头举得很高,落下来却轻飘飘的,锄头被结实的泥土反弹得跳一下,就歪在一边。刚才那位女干部,第一锄恰好落在石头上,震得锄头脱手掉下山坡,她很夸张地叫了声"哎哟",惹得旁人哈哈大笑。女干部连锄头都懒得捡了,她把去年种的一根枯苗拔掉,将那棵没有根须的树苗插下去,今年的植树任务就算大功告成了。

张大叔担心再看下去会骂人,就下了山坡,依旧涉水过河,回到自己的山上。张大叔朝河对面一望,发现河那边光秃秃的山坡上不知几时拉起一幅大标语,红底白字写着:千名干部大造林,誓叫荒山换新颜!张大叔不禁往脚下吐了口唾沫。

春天过后,干旱少雨,烈日火炉般烤着两座小山。张大叔的山上早已绿树成林,什么事也没有。干部们种的树可就顶不住了,那些树苗原本就有毛病,种得又浅,哪经得起这种烈日?张大叔实在痛心,进城买东西时,就顺便到政府大院去找刘守仁,着急地说:"表弟,你们种的树苗快晒死了,赶紧派人挑水浇一浇,也许还有救。"

刘守仁很客气地说:"知道了,谢谢表哥。"

可此后一连几天,都没有人来给那些可怜的树苗浇水。张大叔忍不住又去找表弟,叫他派人救那些树苗。

刘守仁有点不耐烦地说:"我忙得很,你就别给我添乱了。"

张大叔自荐说:"要是你实在派不出人,我帮你护理那些树,随便给几个辛苦钱就行。"

刘守仁沉下脸说:"表哥,你不要贪这点小便宜。那些树死就死吧,反正年年要种的。"

张大叔这才知道,表弟压根就不想救那些树。他无奈地走出了办公室。

回家的路上,张大叔又去看了看干部们种的树。满山的树苗被晒得焉焉的,像奄奄一息的孩子,让人揪心。

当天晚上,张大叔做了一个梦,梦见干部们种的树苗变成一群衣衫褴褛的孩子,围在他身边哀求:"爷爷,救救我们!"梦醒后,张大叔叹着气说:"唉,那些树苗像生错家门的孩子,太可怜了,还是救救他们吧。"

第二天,张大叔就到河那边去,挑水救苗。刘守仁恰巧路过,问他挑水上山干什么,张大叔边走边答:"浇树苗。"

刘守仁追问:"谁叫你浇的?"

张大叔说:"没人叫,我自己想浇。"刘守仁不高兴地说:"表哥你好大胆,竟敢到这边来管闲事。"

张大叔以为表弟怕他要工钱,就解释说:"我是义务帮你们浇树苗,不要一分钱。"

刘守仁着急地说:"一分钱不要也不行,快把水倒掉。"

张大叔没听刘守仁的话,放下担子,就舀水浇起树苗来。

刘守仁一下子火了,大步跨过来,稀里哗啦把两桶水倒掉。张大叔又心疼又气愤,指着表弟的额头问:"你……你怎么这么不讲道理?"

刘守仁拍拍张大叔的肩膀,语气缓了下来:"表哥,好多事你不懂,我也不想跟你说。你还是回家休息吧，以后不要到这边来浇树了。"

张大叔摇摇头，只好挑着空水桶回家去了。

回家后，张大叔想，那么多树苗眼看快要枯死，太可惜了，不如移到自己的山上来种。张大叔又一次到河那边去，将干部们种的树苗移植到自己的山上。

张大叔本以为自己做了一件好事，不料，几天后，两个警察来到张家，"咔嚓"一声，给张大叔戴上手铐，不由分说，塞进警车，一溜烟带走了。

被带到公安局后，张大叔才知道，有人报案，说他偷盗树苗。张大叔把自己移植树苗的来龙去脉告诉警察，说自己不是偷树苗，而是救树苗。警察将信将疑，把刘守仁请到公安局核实情况。刘守仁可不想让表哥蹲大牢，就跟警察说，是他让张大叔移植树苗的，报案的人不了解情况，纯属误会。警察当即释放了张大叔。

从公安局出来后，刘守仁让张大叔赶紧把移走的树苗再移回去种好，他特意叮嘱："你种下去就行了，不用浇水。"

张大叔着急地说："那怎么行？这种季节，浇水都怕种不活呢！"

刘守仁怕张大叔再坏事，就索性把真相告诉他："表哥，你不是外人，我就跟你明说了吧。河边那座荒山离市区近，山坡又平缓，去那里种树很方便。如果那座山长满了树木，附近就没有荒山了，我们必须到龙虎山去种树。你也知道，龙虎山不但离市区远，而且非常陡峭，那些坐惯办公室的人，谁不怕？大家都希望留一座荒山在附近，方便搞植树活动。你这死脑筋，怎么就是想不通呢？"

（杨　璇）

（题图：佐　夫）

老和尚治病

有一个青年叫王帅,打小给父母宠坏了,长大了反而不会孝顺父母,经常对父母恶言恶语,但他在单位却很会笼络人,很能察言观色,一门心思想着往上爬。

这天,王帅陪着局长到外地出差,鞍前马后地把局长服侍得好不舒服,局长很满意,回来时还拍拍王帅的肩,说:"小伙子很懂事呀,我怎么听人说你对父母不太好呢?"

局长的话让王帅急得冷汗直冒,要是局长对自己坏了印象,那可不是闹着玩的,他决定要对父母孝顺。

想不到这事说起来容易,做起来太难,本来每次王帅都想得好好的,但一见到父母,那轻柔的嗓门儿突然就变得粗声大气,对父母根本没法和颜悦色。

王帅明白自己这是得上"不孝"的病了,他听说南泉寺有位老和尚能治疑难杂症,就跑到南泉寺请那位老和尚给自己治病。

　　还别说,王帅从南泉寺回来后,完全变了一个人,对父母嘘寒问暖,毕恭毕敬,言听计从,别提多乖了。他们家所在的一幢楼几十户人家,没有一个人的孝心可以与王帅相比。

　　王帅的同事们没想到王帅能发生这么大的变化,他们七打听八打听,终于打听到是南泉寺的老和尚治好了王帅,一位外号"机灵鬼"的同事灵机一动,跑到南泉寺,找到那位老和尚,把王帅的故事换成自己的,对那位老和尚说了一遍,请老和尚给自己治病。

　　这位老和尚听完,长叹一声,说:"从现在开始,施主别把父母当父母,只要把他们想成是你的科长、局长,你肯定会一门心思向他们尽孝!"

(湛鹤霞)
(题图:顾子易)

两改名

电器厂有个磨床工,名字叫熊伟,不到三十的年纪,人老实得像个榆树疙瘩,平素寡言少语,三棒子也打不出个闷屁来。他的妻子叫李萍,是商场营业员,虽说脾气泼辣点儿,但和熊伟在一起,倒正好是性格上互补,堪称天造地设的一对了。夫妻俩生有一子,年方五岁,一家三口日子过得和和乐乐。

不料这天刚吃好晚饭,熊伟还没来得及洗碗,就传来一阵敲门声。熊伟开门一看,不由大吃一惊:竟是厂里人事科的小王! 人事干部上门非同小可,熊伟心里好不紧张,竟呆在那里手足无措。李萍也猜不透是怎么回事,连忙把小王请进屋,递烟,倒茶,忙乎了一阵,随后便坐下来等这位王干部开腔说话。

小王呷了一口茶,不紧不慢地问道:"听说你们家有个小孩叫狗儿?"

熊伟点点头。

"你们昨天傍晚在屋子外头骂过他?"

熊伟睁大眼睛，不知如何作答。一边的李萍记起来了，昨天傍晚喊狗儿进屋吃饭时，见他屁股上全是稀泥巴，不禁火起，骂道："砍脑壳的狗儿，你看你一屁股不干净，老子非叫公安局来人把你抓起来不可！"这平平常常骂孩子的话，还能让人事干部上门兴师问罪？李萍嘀咕了一句："自己的孩子，不能骂？"

小王笑笑，说："本来嘛，骂几句孩子不算什么。不过，电器总公司的赵副总经理就住在你们楼上，他是管我们厂的……"

夫妻俩一想，对呀，这个赵副总不是才搬来没几天嘛，这楼房一层两套，赵副总占的是整整一层，夫妻俩那天可是看得羡慕得要死呢。

小王拐弯抹角才把来意说清楚：这赵副总的小名儿正巧也叫"狗儿"，虽知道李萍骂狗儿的话不是骂他，可就是听着不舒服，于是就影响了休息和工作。事关重大，于是小王奉命上门，希望熊伟给儿子改个名字。

李萍一听就火了，说："我给儿子起什么名字关他屁事？官大就可以压死人啦？"

熊伟慌忙拉拉李萍的衣角，劝道："千金买屋，万金买邻，忍让一下算什么！"他对小王说："我们今后就叫狗儿的学名得了，反正他要上学前班了。"

为这事，李萍气得一连几天没理熊伟。熊伟呢，只知道闷头抽烟，连连叹气。

不料没多久，麻烦又来了，上门找茬儿的还是那个小王。小王通知熊伟，狗儿的学名叫"熊志成"，又正好与过几天就要来上任的新厂长名字一模一样。学前班就在子弟学校里，如果一帮流鼻涕的娃娃们与狗儿嬉笑打骂，岂不是拿厂长的大名开玩笑吗？那成什么体统？看来，狗儿的学名也得改。

李萍气得不让座也不倒茶，冲着小王嚷道："你们还讲不讲理啦？你去打听打听，全市叫'张勇'、'李伟'，重名重姓的有多少？全国还有多少叫'李鹏'的呢！一个厂长，有啥了不起……"

小王毕竟是人事干部，城府与涵养都是一流的。他笑嘻嘻地听着李萍把话嚷完，随后劝道："我说熊伟啊，你怎么就真像榆树疙瘩不开窍啊，孩子再改个名又算得了什么，你就不想想，现在厂里搞优化组合，百分之四十将是'富余人员'，你可得好好权衡啊……"

小王甩下这些话走了，熊伟愁眉苦脸地对李萍说："咱们只能让啊，我技术一般，又没有后台，要留要走还不都是他们一句话！"

李萍是管家的，平日里柴米油盐进进出出一本账，如果熊伟真要下了岗，这日子怎么过？还不是苦了狗儿这可怜的孩子？这么一想，改就改吧，硬是把怒气忍了下去。

第二天，照昨天小王留下的话，厂里给熊伟一天假，专办给孩子改名的事，李萍心情不好，也请病假没去上班。

夫妻俩正要出门，只见小王带着一帮人又来了。李萍实在忍不住，堵住了门，嚷道："咱改名就是了，你们还要找什么麻烦？莫非以为咱没当大官的亲戚，就是砧板上的肉，想怎么剁就怎么剁？"熊伟一见来的都是人事科、厂工会的几个负责人，赶紧拉开李萍，把客人让进屋。

人事科赵科长一边从手里拎着的大包里掏出玩具和儿童食品，一边说："误会，误会，全是误会！小王没搞清楚，也没给组织上通气，贵公子名字叫得好好的，改什么呢！"赵科长委婉地表示，希望这件事到此为止，不要让外界知道。他们今天就是特地为此事上门来道歉的。

赵科长一行临走又宣布了厂里的决定：调熊伟到厂部去工作，可以去人事科当科员，也可以在厂工会做资料员，请熊伟想好了就告诉他们。

客人走许久了，熊伟与李萍还在发呆。

到底还是李萍聪明一些，她一拍脑袋瓜，对熊伟说："看，我记起来了，有个同事曾经问过我，说你的名字和省里一个大干部的小儿子的名字一模一样，现在好多高级干部都把孩子放到基层锻炼，不许提老子的名字，问我你是不是这么回事。会不会这回是你的名字又带出什么新花样来了？"

夫妻俩整整琢磨了一夜。最后，还是按李萍的主意办：通知厂里，熊伟去当资料员，过一阵就上任。这倒不是想弄它一个干部当当，怕的是又要叫改名，没法给乡下那个犟脾气的老爹交待！

（沈　然）
（题图：胡国强）

领导的关怀

　　小马是单位新来的司机,别看小伙儿年轻,开车可是一把好手,领导出差用车,都喜欢点名叫他。

　　这一天,车队队长通知他,局长明天要下乡,去对口扶贫的一个村子访贫问苦,要小马明天早上出车。

　　这几天,几个领导都用小马的车,很辛苦,但小马还是一口答应了。

　　第二天一早,小马早早地把车加好油,停在单位门口等局长。

　　可过了好半天,不见局长来。小马打电话问队长,队长说可能局长忙,让他再等等,实在不行,就直接打电话给局长,问问情况。

　　小马又等了好一会儿,仍然不见领导出门,于是就给局长打电话。

　　局长在电话里说:"啊,是小马呀,最近累坏了吧? 考虑到你没休息好,不能让你疲劳驾驶,所以我把今天下乡的任务取消了,你就不用出车了,在家里休息吧。"

　　小马一听,激动啊,瞧,局长为了让他休息好,居然把这么重要的慰问任务给取消了!

小马回到单位,逢人就讲局长对自己的关心。大家都"哼哼哈哈"地应着,一副不以为然的样子。

小马很纳闷,这时,一个平时很要好的哥们把他拉到一边,悄悄说道:"领导今天不下乡,并不是因为你的原因。"

小马忙问:"那是因为什么?"

哥们淡然一笑,大有深意地说:"那是因为局里宣传干事的相机坏了,还没有修好。"

小马一听,怔住了。

(岳　勇)

(题图:张恩卫)

三个老头

王东的老爸今年七十多,突然得了一场大病,送进医院第二天,医生就通知王东,快点准备后事。虽然医生这么说,可王东也不忍心就这样让老爸回家等死。

没多久,病房里又住进来两个老头,一个姓赵,一个姓李。王东跟他们的儿子私下一聊,原来两个老头跟他爸一样,都是大势已去,只待那一日了。住了不到一个星期,另外两个老头被家人接回家准备后事了。等两个病友一走,王大爷也坚持要出院,说反正是个死,不如在家里舒服些。

回了家,王大爷明知死期不远,可却整天脸上笑眯眯的,好像不是在等死,而是在等待一件非常幸福的事情一般。王东瞧在眼里,心下却明白着,别看老爸一副看破了生死、对世间了无牵挂的样子,实际上他还有最后一个心愿,就是死后有一块属于自己的地,入土为安。老爸在一年前就开始自己给自己找墓地了,哪知道现在墓地价格贵得吓死人,从墓园回来后,他整天嘴里念叨一句话:"死不起啊死不起!"

王东心想,自己再缺钱,也要完成老爸最后的心愿。于是,他瞒着老爸,悄悄跑到墓园打探。哪知道不问不知道,一问吓一跳,把全城的墓园跑了个遍,就那样屁股大的一块地儿,最便宜的也要三万以上。再加上那些造价以及各种丧葬费用,没有五万根本住不进去啊!

王东心底凉嗖嗖的,他现在可买不起哟。这阴间的房子也不能按揭,看来老爸一死,只好把骨灰先放在家里了,等以后攒够钱再安葬。

这天半夜他从外面回来,忽然看见屋外站着一个老头儿,正搓着两只手,伸长脖子朝他家张望。

王东走近了一看,不禁一怔,这不是和老爸住一间病房的赵老头吗?这么久不见,没想到他居然病好了,看起来还挺精神的。

王东向他打了声招呼:"赵伯伯,您找谁呀?"

赵老头也认出了他,犹豫了片刻,吞吞吐吐地问:"你、你爸……你爸现在咋样了?"

"还那样。"王东微微叹了口气,"一会儿醒,一会儿睡,吃了东西就吐。"

赵老头"哦"了一声,脸上似乎有些失望。他又往王东家望了一眼,说:"那好,你跟你爸说一声吧,就说那个姓赵的老头来过了。"

王东知道他是来看望老爸的,忙说:"赵伯,进屋坐一会吧,我爸也老提起你和李伯哩。"

赵老头连连摆手,走得很急,一会就看不见了。王东心说这老头真怪,想来看人,又不愿进屋。

第二天,王东才跟老爸提起昨晚赵老头来看他的事。老爸一听,黯淡的眼神突然一亮，急迫地问他："你看清楚了，真的是那个赵老头?"

王东说没错，我看得很清楚。老爸缓缓点了点头，说："唉，毕竟还是老赵这家伙快了一步。"

王东愣了愣，不明白老爸这句话是什么意思。老爸脸上露出了笑容，说道："老赵死了，他是来看我死了没有呢。"

王东大吃一惊，这么说，他昨晚看到的是老赵的鬼魂？他接着一想，恐怕自己真见鬼了，那赵老头出院时奄奄一息，这才一个来月，哪能就好了？

老爸见他吓得脸都白了，笑着安慰道："别怕! 老赵不会来害人的，他只是想看看我几时走罢了。"

王东还是觉得头皮一阵阵发麻，不由得怪起赵老头来：你走了就走了吧，干吗想拉我老爸一块走?

过了几天，老爸的情况越来越不妙，已经到了弥留之际，王东请假，整日整夜陪在老爸床前。一天夜里，他看老爸昏睡过去，就打算出去买点东西吃。

走到门口，他忽然听见外面有人说话，心中一惊，躲在窗后往外看。只见屋外站着两条人影，在月光下看得真真切切，其中一个果然是那个死了的赵老头，另外一个老头正是老爸的另一个病友李老头，看来也死了。不知咋地，他们居然扯到了一起，而且跑到自己家来了。

王东吓得腿都软了，瞪着这两个鬼，大气也不敢喘。只听那赵老头有些埋怨地说："唉，这姓王的真是，磨磨蹭蹭，就是不死。"

李老头接口道："是呀，你说这么拖着有什么好？还不是害着自己儿子吗？也不知要让我们等多久，真不够意思！"

赵老头叹口气道："我真有些等不及了，要不咱们别等他了？"

李老头想了想,摇摇头说:"不太好吧,说好了算他一份的。再等等,我看他也快来了。"

王东哆哆嗦嗦地听着,明白了,原来这三个老头在医院有缘一见,大概做了什么约定吧,所以他们就来等老爸一块走。

两个老头又在屋外嘀咕了一阵,慢慢地走了。王东也不敢出去买吃的了,一张脸吓得刷白刷白地回到房间,一看老爸正好醒过来。他犹豫了一下,不知道该不该告诉老爸。

不想老爸一瞧他的脸色,就猜到了,问道:"是不是赵老头又来催我了?"

王东知道瞒不过,只好说了,说这回那个姓李的老头也来了。老爸的声音突然大了起来:"什么?那个姓李的老头也来了?"他脸上又是高兴又是着急,想了想又说:"哎哟,他们两个都走了,我也得赶紧了。他们万一不等我,就麻烦了!"

王东暗吃一惊:"爸,他们走他们的,又不是赶火车,您还能活好长哩!"

"不行哟!"老爸认真地说,"我要是迟了就没份啦!"

王东一听愣了,什么份不份的?这又不是分什么宝贝,老爸还怕他们独吞吗?接着一想,可能老爸脑子已经糊涂了,也就没问。老爸接着说:"王东啊,你也别再给我吃什么药了,就让我安安静静地走吧。"说完,又昏昏沉沉睡去。

第二天晚上,王东不知不觉在老爸床前睡着了。忽然间,他隐隐听到外面有人说话,就爬了起来。走到窗前一看,顿时吓了一跳,原来又是那两个老头,后面还站着两个老太太。

一惊之后,王东不禁来了气,我老爸还没走呢,你们天天在这催,算怎么回事嘛?想到这,他壮了壮胆,正打算出去劝他们走开,突然看见一个人从屋里走了出去。他一下张大了嘴巴,这个人正是老爸。

老爸径直冲两个老头走去,一边还说道:"两位老哥,你们等急了吧?对不起啊,让你们等了这么久。"

两个老头不耐烦地说:"就你这么拖拉!再迟一天,我们就不等了。"

老爸又连连赔礼道歉,看见那两位老太太,惊讶极了:"这两位、这两位……"赵老头说:"自己人!她们也是昨天刚下来的,非要加入,我一想也不错,这样咱们就更热闹了。"

老爸有点迟疑:"男女有别,这个不太好吧?"赵老头一笑:"死人哪还管这么多规矩?人家的儿女都无所谓了!"

老爸点点头,说那好,你们先走一步,我还得跟儿子说一声。我怕他不同意,还没交代清楚哩,说罢转身飘回了屋里。

王东愣了愣,快步跑回屋去,一看老爸端端正正地坐在床上,精神抖擞,像个没病的人一样。他知道,老爸这时已经死了,又伤心又害怕。

老爸向他招手说:"王东,老爸有话问你,我死后,你准备怎么处理我的骨灰啊?"

王东"扑通"一声跪在地上磕起了头:"爸啊爸,儿子没用,连块墓地也买不起。我不敢骗您,我打算先委屈您老人家一下,让您的骨灰仍旧住在家里,等我赚够钱了,一定买块风水宝地把您风光大葬!"

老爸悠悠叹了口气,说道:"你什么情况我不知道吗?所以我一直不敢奢望有这个福气。"

王东一看老爸这么难过,什么也不顾了,大声说:"爸,我就是去借高利贷,也要给您买块地!"

"别别别!"老爸慌忙摇手,"你可千万别干傻事啊!听我说,你把我火化后，就去找老赵的儿子。"

王东一听愣了，找老赵的儿子干啥？老爸犹豫了一下，才缓缓开口，说当初在医院时，他和赵老头、李老头互相一聊，谁家都不富裕，没打算买墓地。后来赵老头突发灵感，想到了一个办法，三个老头一拍即合：让三家人合伙买块地，三人合住。碑呢？就立一块好了，上面写上三个人的名字，再加上三个人的丧葬合成一次办，能省去不少钱。现在赵老头又多找了两个人，摊成五份，就更便宜了。

王东一听恍然大悟，怪不得那两个老头非要等老爸哩！接着他心里一阵难受，哭道："爸，太挤了……太挤了啊，太委屈您了！"

老爸叹了口气："挤就挤点吧，好过死人跟活人同住！记住，就这么定了！"说罢突然往后一倒，躺在了床上。

（张洪瑜）

（题图：谢　颖）

说谎传奇

有个年轻女孩叫玉莲,她第一次谈恋爱就被一个男人骗了,差点被卖到山里去。从此以后,她一谈恋爱就提心吊胆的,生怕又上当受骗。

最近,玉莲又交了个男朋友,男友天天对她说许多甜言蜜语,玉莲却怀疑男友说的都是谎言。这天,玉莲在网上看到,有位科学家发明了一种谎言收集器,这种仪器非常神奇,能把谎话收集起来,处理成黑色的颗粒,谁要是说了谎,想赖都赖不掉。玉莲一看就心动了,立刻买了一部。当晚,玉莲悄悄带上谎言收集器,约男友见面。男友见到她后,照例又说了很多好听的话。等玉莲回到家,打开机器里的收集仓,发现里面全是黑色的颗粒,都快装不下了。

玉莲当即打电话给男友,说:"你满嘴谎言,以后我们不要见面了。"

男友着急地说:"我跟你说的句句是真话,我发誓。"

玉莲索性不说话,将谎言收集器拿过来,放在电话旁。很快,收集仓里又多了不少黑色颗粒。玉莲挂断了电话,从此再也不理这个男人了。

可不说谎的男人实在太少了,这之后,玉莲左挑右选,始终找不到一个满意的。眼看玉莲快三十岁了,母亲着急地四处托人,帮玉莲寻找诚实的小伙子。功夫不负有心人,还真给她找到了一位。这位小伙子叫张忠实,刚刚到县统计局工作。介绍人说,张忠实做人再诚实不过了。

玉莲带上谎言收集器,试着跟张忠实见一次面。果然,张忠实没有半点虚情假意,讲话实实在在。

回到家,玉莲打开收集仓,发现里面竟然一点黑色颗粒也没有。玉莲不由得喜出望外,不到两个月,就跟张忠实结了婚。

结婚后,玉莲把谎言收集器锁进了箱子里。不过,这几年来收集到的黑色颗粒,玉莲倒是都保留着,装了满满一个小布袋。玉莲将它们倒在家门前的一棵柚子树下,再浇上半桶水,算是给柚子树施了一次肥。

这是一棵老柚子树,要死不活的,每年只能结出几个小柚子。可自从施了这种用谎言做的肥料后,老树竟然焕发了青春,重新枝繁叶茂,结出满树果实,而且个个大得惊人。

中秋节那天,玉莲的爷爷摘了一个大柚子,剥掉皮,只吃了一口,就赞叹道:"我活了一百多岁,从没吃过这么甜的柚子。"

爷爷明明刚过完七十岁生日,干吗要说自己活了一百多岁呢?玉莲正纳闷呢,奶奶嗔怪道:"这老东西,什么时候学会说谎了?这柚子不会是酸的吧?拿一瓣来,让我尝尝。"

玉莲递过一瓣柚子给奶奶,奶奶只吃了一口,就说道:"这哪是柚子?简直是蜜糖。我活了两百年,没吃过这么甜的柚子。"

这是怎么回事呢？玉莲惊呆了，愣了一会儿，才想起这棵柚子树曾施过谎言做的肥料，树上的柚子可能被谎言污染了。

玉莲看着手上的柚子，吓得不敢吃了，赶紧扔在地上。这时，一只公鸡眼疾嘴快，一下子啄过来，叼起一瓣柚子，仰头吞下。

不料，吞下柚子后，公鸡立刻发出"咯咯咯"的叫声，这是母鸡生蛋后的特殊叫声，俗称"报功声"。公鸡怎么会发出这种叫声呢？难道它也在说谎，通报自己刚刚生完蛋？

玉莲吓坏了，赶紧叮嘱家人和邻居，千万不能吃这棵树上的柚子。可惜爷爷和奶奶已经变成了说谎专家，嘴上没几句真话了。玉莲正为爷爷奶奶的事而难过，偏偏丈夫又出事了。

这天中午，张忠实从单位回来，垂头丧气地说："我被停职反省了。"玉莲吃惊地问："你犯了什么错？"

张忠实伤心地说："我说了真话。"原来，统计局上报的数字有很多是夸大的，比如今年招商引资，明明只有四千万元，局长却让张忠实写八千万元。结果，张忠实顶撞了局长，坚持写四千万元。局长一气之下，让张忠实不要上班了，先回家反省反省。

玉莲生气地说："你这么较真干什么？局长叫你写多少，你就写多少。"张忠实诧异地问："阿莲，你不是最讨厌说假话的吗？怎么也叫我弄虚作假？"玉莲没好气地说："不弄虚作假，那你就等着下岗吧。"张忠实小声嘟囔："就是下岗，我也不弄虚作假。"

玉莲气得直跺脚，说："我千挑万选，到头来怎么嫁了你这个榆木疙瘩？"不过玉莲嘴上虽这么说，但心里却想，可不能让丈夫真的下岗，必须让他学会说谎。她灵机一动，赶紧跑到门外，摘了一个柚子，叫丈夫快点吃。

张忠实叫起来："你想害我？"玉莲命令道："我这是救你，快吃！"

张忠实死活不答应，玉莲只好把柚子硬塞进他的嘴里。张忠实立刻把柚子吐了出来，还漱了半天口。怎样才能让丈夫把柚子吃下去呢？玉莲一筹莫展。这时，母亲悄悄跟她说："忠实不是每天都要喝两杯酒吗？你可以挤点柚子汁，掺到他的酒里。"玉莲一听，立刻照做了。

到了吃晚饭时，玉莲亲自给丈夫倒了一杯掺有柚子汁的酒。张忠实还蒙在鼓里，端起酒，喝了一口，抿抿嘴说："今天的酒味道特别好。"玉莲开心地说："那你就多喝两杯。"

张忠实一连喝了四杯，玉莲估摸着柚子汁该起作用了，于是试探着问："忠实，我们县今年招商引资是四千万元，还是八千万元？"

张忠实哈哈一笑，答道："当然是八千万，四千万那是老黄历了。"

玉莲跟母亲相视一笑。

第二天，张忠实正要打电话给局长，请求让他回单位上班，可号码还没拨完，局长就找上门来了。局长一进门就向张忠实道歉。

原来，县里刚来了一位新县长，这新县长是个实干家，一看统计局报上来的数字就知道是假的。在得知务实的张忠实反而被停职后，县长更是大发雷霆，把局长叫去好好训了一通。从县长办公室出来，局长就赶紧来请张忠实回去上班。

这下，玉莲高兴坏了，说："忠实，这回你不用说谎了。"

张忠实却把脸一沉，说："谁敢说招商引资不是八千万，我跟他没完！"

玉莲听了，顿时脑袋"嗡"的一声，天哪！丈夫已经不会说真话了，这可怎么办呀？

（田　光）

（题图：安玉民　梁　丽）

我是你奶奶

俗话说：人善被人欺，马善被人骑。金童玩具厂有个善良的打工妹叫时兰蕙，她人长得漂亮，性格又温柔，结果进厂不久，就被车间主管戍纪辉瞄上了。

戍纪辉三十多岁，家里有老婆孩子，可是总喜欢在外面拈花惹草。他虽然官不大，却很有些权力，车间里二十几个打工仔打工妹都得听他摆布。他常常晃着自己的大脑袋，对手下的工人说："在这里我最大，谁不听我的话就给我滚回老家去。"大家背地里都叫他"戍大头"。

戍纪辉见时兰蕙长得漂亮，便起了邪念，经常找机会和时兰蕙东拉西扯，软磨硬泡，后来又发展到吃饭、唱歌、跳舞。

一个休息日，戍纪辉不知在哪儿喝得酒气熏天，死缠着将时兰蕙拉到舞厅，然后搂着时兰蕙跳起来，一双不安分的手在时兰蕙身上一阵乱摸。跳完舞，他突然拿出一个钻戒，硬塞到时兰蕙手中。时兰蕙想把钻戒还回去，可一抬头刚巧看到一个小姐妹从舞池边上走过，慌乱之下便把戒指塞进了自己的口袋里。

见时兰蕙收下钻戒，戌纪辉心中暗暗得意，心想：凭这枚价格昂贵的钻戒，就一定能让她动心。谁知，第二天一早，时兰蕙突然哭哭啼啼地找到他，说是她父亲打电话来，说家中出了事，让她赶紧回去一趟，要请几天假。戌纪辉见她那副悲痛的样子，不像是装的，只得准了她七天假。

七天很快过去了，时兰蕙没有回来。戌纪辉不免犯起了嘀咕，难道这小妮子不回来了？自己被她耍了？戌纪辉正忐忑不安，忽然又接到他父亲的电话，让他马上带着媳妇一起回去。戌纪辉的父亲住在郊区，他不知家里发生了什么事，急忙叫上媳妇，搭车回到乡下。一到家门口，却见父亲满脸笑容地在那忙活着，就问道："爹，你着急忙慌地把我们喊回来，干啥呀？"他爹道："家里来了贵客，叫你回来见见面。"说着，将他夫妻俩引到屋中。一位七十岁上下的老汉正坐在炕上，他爹介绍道："纪辉，这可是咱们戌家的老祖宗了，你们得叫太爷。"

因为戌姓奇少，族谱不乱，一旦遇到本家，都是同宗同族的，定能分出个大小辈分来。平时很难有族亲上门，今日突然来了个太爷，戌纪辉也很高兴，便热情地上前打招呼。这时，只见门帘一挑，一个姑娘抿着嘴从里间屋出来了。戌纪辉一见，不禁又惊又喜："兰蕙妹子？你？你怎么上这儿来了？"话音刚落，只听他爹喝道："放肆！那妹子是你叫的？她是你太爷的义女，我叫小姑，你们得叫小奶！"戌纪辉一听，目瞪口呆。

原来，别看时兰蕙性情柔弱，却是个极有心计的姑娘。她早就看穿了戌纪辉的鬼主意，可她又不敢得罪他，左思右想，她突然想起了自己村里的孤老汉戍仁忠。

时兰蕙的父母待戍老汉很好,时常给他一些帮助。戍老汉也经常到时家坐一坐,唠唠家常。时兰蕙听他讲过有关他的姓氏的故事,还帮他排过族谱,发现戍老汉竟然是戍纪辉的祖宗辈。

那时时兰蕙就留了个心眼。这次戍纪辉塞给她一枚钻戒,她觉得这样下去自己的处境更危险了,灵机一动,便假称家中有事回了趟家。回到家后,时兰蕙找到戍老汉,说要认他当干爹。因为兰蕙对戍老汉很好,老汉又一辈子无儿无女,如今要认干爹,哪能不乐得应承?当即认了这个闺女,还给她取了个戍姓的名字。

时兰蕙跟戍老汉说自己在城里认识个戍家人,鼓动戍老汉跟她去认亲,戍老汉也答应了。就这样,时兰蕙按照平时从戍纪辉那里得来的信息,带着戍老汉找到了戍纪辉他爹家,双方一谈论,亲得了不得。

戍纪辉他爹说:"纪辉,听说你小奶在你厂里上班,你可千万要照顾好了。咱们戍氏家族一向家风严谨,崇尚孝义,如果出一点错,我唯你是问!"戍纪辉只得连声答应。

时兰蕙则拉着戍纪辉媳妇的手说:"孙媳妇,初次见面,我也没啥送你的,就送你一枚戒指吧!"说着,将那枚戍纪辉硬给她的钻戒,放到了戍纪辉媳妇的手里。那个憨婆娘,见时兰蕙以这么贵重的礼物相赠,乐得嘴都合不拢了,一口一个小奶,叫得脆甜。戍纪辉只能打掉牙往肚里咽。

(庞洪成)

(题图:谢 颖)

找关系

阿贵想让儿子今年上小学,可去附近的第五小学一打听才知道,人家对年龄卡得很严,只要2003年8月31日以前出生的,阿贵儿子的生日是9月1日,正好晚了一天,唉……

阿贵回家对老婆一说,老婆一下急了:"今年上不成可就麻烦了,咱这儿的房子年底就要拆迁,明年肯定就不在第五小学的招生范围了,第五小学可是市重点呢!"

阿贵一听也急了,他天天都在做望子成龙的美梦呢,哪能让儿子输在起跑线上。想了想,阿贵一拍胸脯对老婆说:"你别慌,我这就去托人找关系,我就不相信还有托人办不了的事儿!"

阿贵说干就干,他找朋友,找同学,求亲戚,整整忙活了半个月。虽说请人吃饭花了不少钱,好烟好酒也送出了不少,可托去办事的人回来都说:"没办法啊,人家学校卡得很紧,说这是明文规定!"这结果让阿贵很不服气,阿贵回家又跟老婆要钱,准备再去找找人。

老婆不同意阿贵再去求人,说:"算了吧,别又花了冤枉钱!"

阿贵瞪着眼一挥手,说:"怎么会呢,我在单位大小也是个科长,这点儿小事找找关系还办不了?"

看着阿贵不知天高地厚的样子,老婆忍不住讥讽他说:"快别提什么找关系了,要不是你当初喜欢找关系,咱儿子今年早顺顺当当上第五小学了!"

"你什么意思?"阿贵一下愣住了,没想到老婆说:"你忘了吗,当初我本来定好8月31日做剖腹产手术的,可你非要找关系,让熟人的亲戚主刀,结果多等了一天,9月1日才做的手术!"

(李英梅)

(题图:顾子易)

有缘拆不散

拆 散 销

小张给一位老板当秘书,他文笔好,业余爱写些小故事,常和同事讲些听来的奇闻异事。这天,小张又在和同事聊那些离奇的故事,老板走过来听了一会儿,对小张说:"你到我办公室来一下。"

来到办公室,老板沉着脸坐下,问小张:"整天鬼啊神的,你觉得是真的吗?"要换做一般人,察言观色,肯定会说"假的假的,老板,我说着玩的",但小张是写这玩意儿的,怎舍得说它假?他一本正经地说:"老板,我觉得什么事都有它的道理。"

老板沉吟片刻,对小张说:"好,我也知道一些奇事,你想不想听?"

小张赶紧点了点头。老板想了想,说:"在我们老家,传说木匠都会法术,盖房子的时候,他要是在某个地方钉个钉子,这家必然有人会生病。还有更离奇的,说有厉害的木匠,他要是在床上弹根墨线,晚上两口子上床,面对面躺下,却怎么也挨不着对方,伸手去摸,触到的却是铜墙铁壁。你信不信?"

小张觉得这个素材不错,忙点点头,问:"有没有实例呢?"

老板皱起眉头想了半天,还真讲出一个非常离奇的故事来——

话说十多年前,有个小伙子,家里穷得要命。这小伙子和一个姑娘相爱了。姑娘家里也穷,正好门当户对,但姑娘的父母却嫌贫爱富,指望姑娘攀上高枝。可怜小伙子站在山崖上,把世上的情歌都唱遍了,姑娘却还是嫁给了一个又丑又呆的后生,就一个原因:那家有钱。

小伙子急眼了,他想起弹墨线的传说,便找到给这家做嫁妆的木匠,见面就跪下,求他在新人的床上弹根墨线,好让新人不得圆房。

这家有钱人请的是方圆百里最好的木匠,的确有些真本事。他见小伙子心诚,叹了口气,说:"我没有这么高的道行,圆房恐怕是圆定了。我只能试试,看能否把他们拆散离婚,但到时候你还愿意娶那姑娘吗?"

小伙子指天发誓,说不论怎样,都愿意娶那姑娘做老婆。

木匠沉默半晌,慢慢地砍了个销子。这销子有点古怪,又细又长,像是可以伸进人的心里。木匠说,这叫"拆散销",把它打在床上,不出七七四十九天,就可以看出能不能拆散这段姻缘。但有一点,如果拆散了,小伙子必须带着姑娘离开本地,以免泄露机关,木匠将无容身之地。

小伙子发誓不说出去。木匠就在那崭新的婚床上摸索半响,找到一处窄缝,把那根细长的销子打了进去,对小伙子说:"回去等我消息。"

姑娘终究出嫁了。婚礼办得十分隆重,去吃酒席的没有不羡慕的。小伙子心里很失落,这姻缘还拆得散吗?过了七七四十九天,木匠悄悄告诉小伙子:"我找机会看过了,那根销子钉在新床里,牢得就像生了根一般，拆得散，一定拆得散！"

小伙子得了鼓励，便冒天下之大不韪，去追求心上人。嘿，你还别说，那姑娘心里也没忘了小伙子，两人一拍即合。一个月黑风高的夜晚，两人带了两身换洗衣服，从此远走高飞，再也没有回去。

老板讲完故事后，长舒了一口气。小张看了一眼老板，意味深长地说："我们搞写作的，常常喜欢推理。老板，如果我没猜错的话，那个小伙子就是你！"老板脸上有些阴晴不定，最后他说："不错，你猜对了。"

小张得意地笑了，说："能否让我斗胆再猜一下？"

老板愣了愣道："你说。"小张脸上浮起一丝神秘的微笑，说："你之所以讲这个故事，是因为你最近又想找这个木匠，再用一次拆散销！"

老板吃了一惊，说："胡扯，我拆散谁？"

小张开门见山道："拆散你和嫂子。老板，你和小丽好，谁不知道！但你还真想把那狐狸精娶回家去？"

老板不耐烦地摆了一下手，说："什么也别说了，我主意已定！其实离婚还不简单？我只是不想让她伤心罢了。小张啊，你是我最信任的人，你回我老家一趟，帮我把当年的那个木匠找来。"

小张摇摇头说："木匠当时多大年纪？不知道还在不在人世。"

老板算了算说："肯定在，也就过了十几年，当年木匠三十多岁，现在还不到五十，年轻着呢！"

合 缝 销

小张推托不掉，只好答应下来。他来到老板的老家一打听，如今时兴买家具，那木匠失了业。小张找到他，说明来意，木匠顿时高兴得合不拢嘴，一路上都讨好地叫小张"张总"，递烟倒茶，十分殷勤。

小张带着木匠回到公司，老板没想到当年体体面面的木匠已变成了这副模样，他有些失望地问："你还能行吗？"

"能，绝对能！"木匠赶紧保证，"只是……这个嘛，现在是经济社会，嘿嘿，潘大娃，不不不，潘大老板，这个你懂，你比我懂得多哇！"

老板顺手拍出三捆钞票，说："这是定金，事成以后，再加倍重谢。"

"好好好，我听你的吩咐！"木匠见老板这么重视他，一转身就吆喝小张，"快带我去看床！"

床在老板家的卧室里，小张怎么带？于是老板打了个电话，确定老婆不在家，便安排车回去。一行三人来到卧室，木匠一看那豪华的布置，当场就傻了，暗暗叹息一声：当年私奔的时候，两人一无所有，偷偷摸摸，倒是那样坚决。如今生活风风光光，感情却开始动摇了。

于是木匠砍了个细长销子，然后找了半天，终于在床的一侧找到一处缝隙，便从那缝隙往里打。突然，木匠手一歪，一锤子砸在自己手背上，痛得他"哎哟"一声，说："不对，这床有些古怪，销子不能打在这里。"

老板有些吃惊，忙问："那打哪里？"木匠掐指算了半响，说："只能打在小三床上。"

老板当即跳了起来："胡扯！打在小丽床上，你到底是拆散谁？"

木匠赶紧解释："你和你老婆缘分未尽，硬拆拆不开。我给你打个'合缝销'，钉在小三床上。等过了七七四十九天，就能看出你和小三能不能走到一起。只要你们那头'合缝'了，这头自然慢慢就拆开了。"

这话简直说到老板心里去了，他点了点头，说："行，就按你说的办！"然后就让小张安排木匠在市里最豪华的酒店住下。

木匠要求七七四十九天之内，老板不能去找小三，不然莫怪不灵。

好不容易熬够了四十九天，老板赶紧找来木匠，问是不是成了。

测 试 销

小张开车，载着老板和木匠来到小三的房子。木匠仔细看了看那钉在床缝里的销子，突然哈哈大笑，说："合缝销，钉不牢。潘大老板，看来你和小三没缘分，合不拢啊！"

老板大惊，赶紧去看那合缝销，这一看，顿时大失所望，原来这销子不知何时已经从床缝里退了出来。小张问道："这合缝销自己退出来了，是不是说明老板和小丽成不了？"老板看了一眼木匠，怒道："怎么回事，销子怎会自己退出来？我不信这个邪，你再帮我钉回去！"

木匠摇摇头，拿出工具，"当当"两榔头，又把销子打了回去，然后慢悠悠地说："你说得没错，销子是不会自己退出来的。要让销子出来，其实很简单，只有一个法子——使劲摇床，销子自然就会出来。"

老板将信将疑，木匠叹了口气，扶住床的一头，试着摇了几下。小张摸了摸销子，说："好像真的出来了些。"木匠又摇了几十下，累得喘不过气来，就叫小张过来帮自己一起摇，两人一口气摇了总有四五百下，老板走过来一摸销子，明显又出来些了，但要退到刚才那个程度，起码还要再这样摇个几回。

突然，老板好像明白了什么，问木匠："这是什么意思？"木匠慢条斯理地说："你自己看到了。"老板的一张脸顿时涨成了猪肝色。木匠叹道："其实，我一个手艺人哪会什么法术？我给你打的两次销子其实都是一样的，既不叫拆散销，也不叫合缝销，我们行里管这叫'测试销'。这种销子一旦打进床缝，只有不断摇动床架才能退出，不然就是把床劈了也退不出来。你七七四十九天没来看小丽,这销子是怎么退出来的,也就不用我说了吧……这玩意儿是木匠行一个老不正经的前辈传下来的。据说古时候,有的丈夫要出远门,就找木匠悄悄往床里打一个测试销,如果出远门回来,销子退出来了,就说明老婆在家不守妇道了。你媳妇嫁第一个男人,一个多月过去了,那销子还像刚打进去一般,可见他们夫妻并不恩爱。我看他们的确过不到一起,才鼓励你们私奔。当时我没收你一分钱,是你的诚心打动了我。"

老板听后满脸羞惭:"当年我们多纯洁啊!现在,唉……"

木匠也叹了口气,说:"原先,我想随便往你家床上打个销子,把钱挣了拉倒,可看见你家孩子画在床板上幼稚的字迹,一边写着爸爸,一边写着妈妈,还画了两个小人,手牵着手。我心里就一紧,那所谓的拆散销,更是怎么也打不进去了。"

老板眼眶红了,一时说不出话。小张笑着问木匠:"所以你就往小丽床上打了测试销?还嘱咐老板七七四十九天不能来这里……可是,你怎么知道小丽另有情人呢?"

木匠摇摇头说:"我哪能知道?不过这种事电视里演得多了,测试销测试销,我也就索性试一试了。"

老板听到这儿,突然从包里扒出几叠现金,一股脑儿都塞给木匠。老板很要强,心如刀割,嘴里仍硬撑着:"拆得好,拆得好!酬金照付。"

小张看着垂头丧气的老板,突然想到,这个故事写出来一定精彩。至于故事的结局会怎样,就要看老板接下来怎么做了……

(冷 空)
(题图:谭海彦)